Ed McBain

Mordgespenster

Kriminalroman

Ullstein Großdruck

Ullstein Großdruck
ein Ullstein Buch
Nr. 40101
im Verlag Ullstein GmbH,
Frankfurt/M – Berlin
Titel der amerikanischen
Originalausgabe: ›Ghosts‹
Deutsch von Ute Tanner

Ungekürzte Ausgabe

Umschlagentwurf:
Hansbernd Lindemann
Foto: Mall Photodesign
Alle Rechte vorbehalten
© 1980 by Hui Corporation
© der deutschen Übersetzung
1981 Verlag Ullstein GmbH,
Frankfurt/M – Berlin
Printed in Germany 1990
Gesamtherstellung:
Clausen & Bosse, Leck

ISBN 3 548 40101 5

November 1990

Vom selben Autor
in der Reihe der
Ullstein Bücher:

Clifford dankt Ihnen (10183)
Schnapp-Schuß (10218)
Die Greifer (10230)
Das Unschuldslamm (10260)
Heißer Sonntagmorgen (10284)
Polizisten leben gefährlich (10412)
Der Pusher (10389)
Späte Mädchen sterben früher (10461)
Acht schwarze Pferde (10498)
Alarm in Chinatown (10517)
Neugier macht Mörder (10521)
Die zehn Gesichter der
Anni Boone (10545)
Reines Gift (10554)
Killers Lohn (10575)
Ausgetrickst (10610)
Selbstmord kommt vor dem Fall (10640)
Kings Lösegeld (10657)
Stirb, Kindchen, stirb (10646)

CIP-Titelaufnahme
der Deutschen Bibliothek

MacBain, Ed:
Mordgespenster: Kriminalroman /
Ed McBain. – Ungekürzte Ausg. –
Frankfurt/M; Berlin: Ullstein, 1990
  (Ullstein-Buch; Nr. 40101:
  Ullstein-Großdruck)
  ISBN 3-548-40101-5
NE: GT

1

Sie sahen selbst aus wie Gespenster, die Kriminalbeamten, die in dichtem Schneetreiben um die Leiche der Frau auf dem Gehsteig herumstanden. Wie körperlose Geister hoben sie sich schwach von der grauen Fassade des Apartmenthauses hinter ihnen ab. Die beiden Beamten von der Mordkommission, die mit Detective Cotton Hawes auf dem Gehsteig standen, trugen schwarze Mäntel und graue Filzhüte. Hawes war barhäuptig. Sein rotes Haar und das Blut auf der Kleidung der Frau verliehen dem Schwarzweißbild ein paar rote Tupfer. Über der linken Schläfe hatte Hawes eine weiße Narbe, ein kleines Andenken an eine Einbruchsermittlung, bei der es zu Handgreiflichkeiten gekommen war. Sie unterschied sich nicht wesentlich von den Schneekristallen, die in seinem Haar schimmerten.

Die Männer von der Mordkommission hatten die Hände in den Manteltaschen vergraben. In vier Tagen war Weihnachten, und jetzt war es sieben Uhr abends. Monoghan und Monroe hatten noch keine Geschenke für ihre Frauen besorgt, das hatten sie heute – die Geschäfte waren bis neun geöffnet – gleich nach der Ablösung um Viertel vor acht, besorgen wollen. Da war nun der Anruf vom 87. Bezirk dazwischengekommen, und kein Mensch wußte, wie lange sie hier noch mit Hawes und seinem Kollegen Carella würden herumstehen müssen.

»Sie ist offenbar gerade vom Einkaufen gekommen«, sagte Monoghan.

»Ja, das Zeug liegt überall auf dem Gehsteig herum«, bestätigte Monroe.

»Corn-flakes«, sagte Monoghan.

»Gesundes Frühstück für gesunde Kinder«, zitierte Monroe einen bis zum Überdruß bekannten Werbespruch.

»Hübsche Beine«, stellte Monoghan fest.

Die Frau auf dem Gehsteig, eine Weiße, mochte Anfang Dreißig sein. Sie trug einen Tuchmantel über weißer Bluse, schwarzem Rock und schwarzen Stiefeln. Unterhalb der linken Brust, wo das Messer eingedrungen war, hatte die Bluse einen langen Riß. Der Rock war ihr bis über die Hüften hinaufgerutscht. Sie lag auf dem Rücken, Arme und Beine ausgestreckt, eine Faust geballt. Der Riemen ihrer schwarzen Schultertasche war bis zum Ellbogen herabgeglitten.

»Habt ihr euch die Handtasche schon vorgenommen?« fragte Monoghan.

»Ich warte noch auf die Kollegen von der Technik«, sagte Hawes.

»Bis die eintrudeln, kann der Kerl schon über alle Berge sein.«

»Unterwegs sind sie schon«, meinte Hawes.

»Habt ihr den Polizeiarzt verständigt?«

»Ich bin kein Anfänger«, sagte Hawes.

Monroe zog sein Taschentuch und schnaubte sich die Nase. Eine Erkältung war bei ihm im Anzug. Daß er hier mit einem Klugscheißer vom 87. Bezirk im Schnee herumstehen mußte, hatte ihm gerade noch gefehlt. Aber in der Stadt, in der diese Männer arbeiteten, war es Vorschrift, daß die zentrale Mordkommission bei einem Mord hinzugezogen werden mußte. Die Ermittlungen führten später die Beamten, die den Anruf entgegengenommen hatten; sie hielten aber die Mordkommission über den Verlauf der Ermittlungen auf dem laufenden.

Detective Steve Carella kam von dem Funkstreifenwagen zurück, wo er mit dem Beamten gesprochen hatte, der zuerst am Tatort gewesen war. Carella war groß und schlank, sein Gang war sportlich und federnd. Seine Augen standen etwas schräg und gaben ihm ein leicht asiatisches Aussehen. Wie Hawes war auch er barhäuptig und trug eine karierte Jacke über Wollhemd und Cordhose. Sie waren gerade von einem erfolglosen Einsatz in einem Lagerhaus zurückgekommen.

»Der Streifenpolizist kennt die Frau«, sagte er. »Sie wohnt hier im Haus. Er weiß nur nicht, wie sie heißt.«

»Ich habe Ihrem Partner gesagt, er solle sich mal ihre Tasche ansehen«, meinte Monoghan.

»Nach den neuesten Vorschriften machen das die Kollegen von der Technik«, sagte Carella.

»Scheiß auf die neuesten Vorschriften. Wir frieren uns hier einen ab, und Sie reiten auf den neuesten Vorschriften herum.«

»Ja, wenn Sie mir die Genehmigung erteilen...«

»Dazu bin ich nicht berechtigt.«

»Na schön, dann warten wir auf die Technik. Inzwischen nehme ich mir schon mal den Wachmann vor. Kommen Sie mit?«

»Besser, als hier im Schnee rumzustehen«, murrte Monoghan. Er und Monroe folgten Carella ins Haus. Das moderne Gebilde aus Glas und Beton war im Zuge einer stadtweiten Sanierungsaktion errichtet worden und stand an der Stelle, wo früher am Rand des 87. Bezirks ein halbes Dutzend heruntergekommener Mietskasernen gestanden und die Polizeibeamten immer wieder in Atem gehalten hatte. Der Wachmann war ein Weißer von Anfang sechzig. Er trug eine graue Uniform und wirkte verdruckst und verbiestert, als hätte er Angst, die Cops könnten ihm Vorwürfe machen.

»Ich bin Detective Carella vom 87. Bezirk«, sagte Carella. »Die anderen beiden Herren sind von der zentralen Mordkommission.«

Der Wachmann nickte und fuhr sich mit der Zunge über die Lippen.

»Wie heißen Sie?« fragte Carella.

»Jimmy Karlson.«

»Sie sind hier als Wachmann fest angestellt?«

»Ja. Eigentlich sind wir vier. Genaugenommen fünf, wenn man den Mann nach Mitternacht noch dazuzählt.«

»Wie sind Ihre Schichten verteilt?«

»Sechs Uhr morgens bis zwölf Uhr mittags, zwölf Uhr mittags bis abends um sechs, sechs bis Mitternacht, und Mitternacht bis sechs Uhr morgens. Vier Schichten. In der Schicht von Mitternacht bis früh um sechs haben wir noch einen Hundeführer, der auf dem Grundstück Streife geht.«

»Wann sind Sie heute zum Dienst gekommen?«

»Um sechs. Nein, ein bißchen später. Ich habe keine Winterreifen drauf, und der Schneesturm hat mich aufgehalten.«

»Wissen Sie, daß da draußen eine Tote liegt?« fragte Monoghan.

»Ja, Sir. Ein Passant hat sie gefunden und ist zu mir reingekommen, um zu telefonieren.«

»Wer war der Mann?« fragte Carella.

»Das weiß ich nicht. Daß da draußen 'ne Frau liegt, hat er gesagt, und gefragt hat er, ob er mal telefonieren darf. Durfte er natürlich. Ja, und dann war er auch schon weg. Er wollte da wohl nicht mit reingezogen werden.«

»Und was haben Sie unternommen?« fragte Monroe.

»Ich bin rausgegangen, um zu sehen, was da nun eigentlich los war.«

»Erkannten Sie die Frau?«

»Ja. Sie wohnt hier im Haus. Esposito. Apartment sieben-null-eins.«

»Wie heißt sie mit Vornamen?« wollte Monoghan wissen.

»Das weiß ich nicht.«

»Verheiratet? Ledig?« Die Frage kam von Monroe.

»Verheiratet. Der Mann muß jeden Augenblick heimkommen.«

»Haben Sie etwas von dem mitbekommen, was da draußen passiert ist?« schaltete sich Carella wieder ein.

»Nein. Wir sitzen hier rechts in einer Ecke, da kann man nicht sehen, was auf dem Gehsteig passiert.«

»Haben Sie Mrs. Esposito gesehen, als sie das Haus verließ?«

»Nein, sie ist bestimmt schon heute früh weggegangen. Sie ist berufstätig. Meist kommt sie heim, wenn ich gerade zum Dienst gekommen bin. So zehn Minuten oder Viertel nach sechs.«

»Siehst du, sie hat unterwegs noch eingekauft«, sagte Monoghan zu seinem Kollegen.

Der Streifenpolizist, mit dem Carella gesprochen hatte, kam mit bedeppertem Gesicht zu ihnen herüber. Er zögerte einen Augenblick, dann öffnete er die Glastür zur Halle, trat ein paarmal kräftig auf, um den Schnee von den Schuhen zu bekommen, zögerte wieder, dann rückte er endlich mit dem heraus, was er zu sagen hatte.

»Wir haben noch 'ne Leiche. Oben, im Apartment drei-null-vier.«

Die zweite Meldung war zehn nach sieben im Revier angekommen. Die Zentrale hatte erst nicht so recht gewußt, woran sie war. Erst vor einer halben Stunde hatten sie Wagen Adam elf zu dem Haus Ecke Jackson und Eighth geschickt. Aber in dem ersten Anruf war von einer Weißen die Rede gewesen, die blutend auf dem Gehsteig lag. Jetzt meldete sich eine hysterische Frau aus dem Apartment drei-null-vier, wo nach ihrer Aussage ein Mann erstochen worden war. Die Zentrale hatte Adam elf angewiesen, dort einmal nach dem Rechten zu sehen. »Soll das 'n Witz sein?« hatte der Streifenpolizist gesagt. Dann war er zu den Kriminalbeamten herübergegangen, um seine Meldung loszuwerden.

Die Frau, die bei der Polizei angerufen hatte, wartete auf dem Gang im dritten Stock auf sie. Sie war Anfang zwanzig, schätzte Carella, hatte braune Augen und schwarzes Haar und sah seiner Frau so ähnlich, daß er einen Augenblick wie angewurzelt stehenblieb. Dann nahm er sich zusammen. Es konnte nicht Teddy sein. Teddy war daheim in Riverhead, bei Fanny und den Kindern. Auch Hawes fiel die

Ähnlichkeit sofort auf. Er sah Carella rasch von der Seite an, dann konzentrierte er sich wieder auf die Frau, die vor der offenen Tür von Apartment 304 stand. Die Schulterpartien ihres Mantels waren naß von geschmolzenem Schnee. Sie wirkte völlig verstört. Die Cops kamen rasch näher, Carella und Hawes gingen voraus. Monoghan und Monroe folgten dichtauf. Noch eine Leiche, dachte Monroe erbittert. Das hat uns gerade noch gefehlt.

»Wo ist er?« fragte Carella.

»Im Schlafzimmer«, brachte die Frau mühsam heraus.

Von der Wohnungstür aus kam man in eine Diele mit Spiegel und einem kleinen Ablagetisch. Rechts sah man durch eine offene Tür in die Küche, links ging es ins Wohnzimmer. Es war modern, aber behaglich eingerichtet, an den Wänden hingen Bilder, auf der Hausbar standen eine Whiskykaraffe und zwei Gläser, alles wirkte sauber und ordentlich. Von Ordnung konnte im Schlafzimmer nicht die Rede sein. Die Beamten sahen auf den ersten Blick, daß sie hier in eine üble Sache hineingeraten waren.

Im Schlafzimmer herrschte ein unbeschreibliches Durcheinander. Die Schubfächer des weißen Ankleidetisches waren herausgezogen, die Kleidungsstücke über den ganzen Raum verstreut. Männersachen und Frauensachen, Unterhosen und Büstenhalter, Damenwäsche und Schlafanzüge, Smokinghemden und Seidenblusen, Baby-Doll-Nachthemden und Herrensocken, Rollkragenpullover und Bikinihöschen lagen einträchtig beieinander auf dem dicken weichen Teppich. Sportsakkos und Anzüge, Damenkleider und Röcke, hochhackige Schuhe, Wanderstiefel, Turnschuhe, Mäntel und Trenchcoats bildeten eine breite Spur. Sie führte zu dem Bett, auf dem, mit dem Gesicht nach unten, der Tote lag.

Er war Anfang Fünfzig, trug blaue Freizeithosen, ein grünes T-Shirt, eine dunkelblaue Strickjacke, aber keine Schuhe. Die Hände waren mit einem verbogenen Drahtkleiderbügel auf dem Rücken gefesselt. Er hatte Stichwunden auf der Brust, am Hals, an Händen und Armen; ein Ohr baumelte lose am Kopf. In Carella stiegen, als er auf den Toten heruntersah, Trauer und Ekel auf, wie immer, wenn blinde Brutalität aus einem menschlichen Wesen einen blutig-leblosen Fleischklumpen gemacht hatte. Er wandte sich an Hawes. »Ist der Arzt schon unten? Dann holen wir ihn am besten gleich her.«

»Und wir brauchen noch ein zweites Technikerteam«, meinte Monoghan. »Sonst bringen wir die ganze Nacht hier zu.«

Vor den Fenstern, mit Blick auf den Fluß, stand ein weißer Schreibtisch mit einer Schreibmaschine, einem Stapel Manuskriptpapier und einem bis zum Rand gefüllten Aschenbecher. In die Maschine war ein Blatt eingespannt. Ohne Papier oder Maschine zu berühren, lehnte Carella sich vor und las:

»Von Anfang an spürte man deutlich etwas Fremdes im Haus. Ich war hergerufen worden, um der Behauptung nachzugehen, in diesen Räumen hätten sich Poltergeister eingenistet. Noch ehe ich drei Schritte in die Diele getan hatte, konnte für mich kein Zweifel daran bestehen, daß diese Behauptung zu Recht bestand. Die Luft summte vor unsichtbaren Geistern. Wenn irgendwo Gespenster sind...«

»Ein Abschiedsbrief?« fragte Monroe hinter ihm.

»Was denn sonst? Da haben wir einen Mann mit auf dem Rücken gefesselten Händen und sechsunddreißig Stichwunden in der Brust...«

»Woher wollen Sie wissen, daß es sechsunddreißig sind?« fragte Monoghan.

»Oder auch vierzig, da lasse ich mit mir handeln«, knurrte Carella. »Jedenfalls, daß das ein Selbstmord ist, sieht doch jedes Kind.«

»Kleiner Witzbold, der Kollege Carella.«

»Die vom 87. Bezirk sind überhaupt alle so witzig.«

»Soll ich Ihnen was sagen, Carella? Sie können uns mal...«

Das Mädchen, das Carellas Frau so ähnlich sah, wartete draußen im Wohnzimmer. Den Mantel hatte sie noch an. Sie saß in einem der weißen Sessel und hatte die Hände über die Handtasche in ihrem Schoß gelegt. Jetzt kam Hawes mit dem Polizeiarzt zurück und führte ihn schweigend ins Schlafzimmer. Auch die Männer von der Spurensicherung waren eingetroffen und machten sich mit verbissener Miene an die Arbeit.

»Wann haben Sie ihn gefunden?« fragte Carella.

»Unmittelbar, ehe ich die Polizei angerufen habe.«

»Wo haben Sie telefoniert?«

»Hier.« Sie deutete auf das weiße Telefon, das auf der Hausbar neben der Karaffe und den beiden sauberen Gläsern stand.

»Haben Sie sonst irgend etwas in der Wohnung angefaßt?«

»Nein.«

»Also nur das Telefon.«

»Und die Türklinke natürlich. Beim Hereinkommen. Ich schloß auf und rief nach Greg, und als niemand antwortete, ging ich ins Schlafzimmer, und – und da – da habe ich ihn gesehen.«

»Und haben die Polizei angerufen.«

»Ja. Und dann habe ich draußen auf sie gewartet. Ich wollte nicht hierbleiben, solange...«

Carella holte sein Notizbuch hervor und suchte angelegentlich nach einer leeren Seite. Er hatte das Gefühl, daß sie gleich anfangen würde zu weinen, und er wußte nie, wie er sich verhalten sollte, wenn Frauen in Tränen ausbrachen.

»Zunächst einmal möchte ich seinen Namen wissen«, sagte er freundlich.

»Gregory Craig.« Sie sah Carella erwartungsvoll an, was ihn erstaunte. »Gregory Craig«, wiederholte sie.

»Würden Sie das bitte buchstabieren?«

Sie tat es.

»Und Sie heißen?«

»Hillary Scott.« Eine kleine Pause. »Wir waren nicht verheiratet.«

»Wo kommen Sie jetzt her, Miss Scott?«

»Von der Arbeit.«

»Kommen Sie gewöhnlich um diese Zeit nach Hause?«

»Ich war ein bißchen spät dran, wir mußten noch auf ein Ferngespräch warten.«

»Was für einen Beruf haben Sie?«

»Ich arbeite für die Parapsychologische Gesellschaft, ich bin Medium.«

»Entschuldigen Sie, aber...«

»Ich habe übersinnliche Fähigkeiten«, erklärte sie.

Carella sah sie an. Eigentlich wirkte sie ganz normal in ihrem nassen Mantel und mit den hübschen dunklen Augen, in denen jetzt Tränen standen. Er schrieb »Medium« in sein Notizbuch und machte ein Fragezeichen dahinter. Als er wieder aufsah, hatte sie ein Taschentuch in der Hand und wischte sich die Augen.

»Wo hat Mr. Craig gearbeitet«, fragte er.

»Hier. Er ist Schriftsteller. Gregory Craig, der Schriftsteller.«

Der Name sagte Carella nichts. Unter dem Wort »Medium« schrieb er: »Opfer ist Schriftsteller.« Wie hatte sie gesagt? Gregory Craig, *der* Schriftsteller. »Was für Bücher hat er denn geschrieben?« erkundigte er sich vorsichtig.

»Vor allem *Tödliche Schatten*«, sagte sie und sah ihn wieder so seltsam erwartungsvoll an, als ob sie damit rechnete, daß spätestens jetzt bei ihm der Groschen fallen würde. Aber da mußte er sie enttäuschen.

»Und er hat hier in der Wohnung gearbeitet, ja?« vergewisserte er sich.

»Ja, dort am Schreibtisch.«

»Den ganzen Tag?«

»Meist hat er gegen Mittag angefangen zu schreiben und gegen sechs aufgehört.«

»Und – äh – was hat er geschrieben, Miss Scott? Romane?«

»Haben Sie *Tödliche Schatten* nicht gelesen?«

»Nein, tut mir leid.«

»Von der Taschenbuchausgabe allein sind drei Millionen verkauft worden. Im Augenblick wird es gerade verfilmt.«

Er räusperte sich, warf einen Blick in sein Notizbuch, sah auf. »Haben Sie eine Vorstellung, wer als Täter in Frage kommen könnte?«

»Nein.«

»Hatte Mr. Craig Feinde?«

»Nicht daß ich wüßte.«

»Hat er in den letzten Wochen Drohbriefe bekommen, ist er telefonisch bedroht worden?«

»Nein, nichts dergleichen.«
»Hatte er Schulden?«
»Nein.«
»Wie lange wohnen Sie schon im Haus, Miss Scott?«
»Seit einem halben Jahr.«
»Hat es jemals Ärger mit den Nachbarn gegeben?«
»Nein, nie.«
»War die Tür abgeschlossen, als Sie heute abend heimkamen?«
»Ja, das weiß ich genau, es war zweimal herumgeschlossen.«
»Hatte außer Ihnen und Mr. Craig jemand einen Schlüssel zu dieser Wohnung?«
»Nein, wir waren die einzigen.«
»Danke, Miss Scott.« Carella klappte sein Notizbuch zu und lächelte ein wenig. »Ich muß unbedingt die *Tödlichen Schatten* lesen. Worum geht's denn da?«
»Um Gespenster«, sagte Hillary Scott.

Der leitende Sicherheitsbeamte des Wohnblocks Harborview, Randy Judd, wartete zusammen mit Karlson unten, als Carella in die Halle kam. Er war ein breitschultriger, kräftiger Ire um die Sechzig, der Carella unaufgefordert erzählte, er habe früher im 32. Bezirk Streifendienst gemacht, und hier in Harborview habe es seit dem Erstbezug vor einem Jahr noch nie Ärger gegeben. Nicht mal einen Einbruch.

»Die Sicherheitsvorkehrungen sind sehr streng bei uns«, erklärte er.

»Sehr streng«, echote Karlson. Er wirkte noch immer nervös.

»Sie haben mir vorhin gesagt, Mr. Karlson, daß Sie heute um sechs zum Dienst gekommen sind«, sagte Carella.

»Etwas nach sechs.«

»Schön, etwas nach sechs. Haben Sie nach Ihrem Dienstantritt jemanden bei Mr. Craig angemeldet?«

»Nein, Sir.«

»Ist es üblich, Besucher anzumelden?«

»Ja, ohne Ausnahme«, bestätigte Judd.

»Alle Besucher werden angemeldet, auch Lieferanten«, ergänzte Karlson.

»Und was geschieht dann?«

»Wenn der Mieter einverstanden ist, kann der Besucher zu ihm hinauffahren.«

»Mit einem der Aufzüge dort drüben, ja?«

»Nur wenn's kein Lieferant ist. Der Lieferantenaufzug ist hinten.«

»Aber nach Mr. Craig hat niemand gefragt?«

»Nein.«

»Wer hatte die Schicht vor Ihnen?«

»Jerry Mandel.«

»Haben Sie seine private Telefonnummer?« fragte Carella.

»Ja, aber die wird Ihnen nicht viel nützen«, meinte Judd.

»Warum nicht?«

»Er wollte an diesem Wochenende zum Skifahren«, sagte Karlson. »Die Skier hatte er schon auf dem Wagen. Gleich nach Dienstschluß ist er losgefahren.«

»Wann kommt er zurück?«

»Am Tag nach Weihnachten«, sagte Judd. »Er hatte noch Urlaub gut. Er ist ein begeisterter Skifahrer.«

»Wissen Sie, wohin er gefahren ist, haben Sie den Namen des Hotels?«

»Nein.«

»Geben Sie mir trotzdem die Nummer, nur für alle Fälle«, bat Carella.

»Gern. Ich hab' sie im Büro.«

Vom Büro aus rief Carella bei Mandel an. Er ließ es zwölfmal anschlagen, dann legte er auf.

»Meldet sich niemand, was?« fragte Judd.

»Nein.«

»Hab' ich Ihnen ja gleich gesagt«, meinte Karlson. »Der ist auf und davon.«

»Gibt es außer dem Vordereingang noch einen anderen Zugang zum Haus?« wollte Carella wissen.

»Die Müllmänner fahren hinten vor«, sagte Judd. »Da ist ein großes Tor, das schließen wir auf, wenn der Müllwagen kommt.«

»Wer hat den Schlüssel?«

»Der Hausmeister. Wollen Sie mit ihm sprechen?«

Der Hausmeister war schwarz und hieß Charles

Whittier. Er war gerade beim Abendessen als Judd mit Carella hereinkam. Im Nebenzimmer plärrte der Fernseher. Carella sah durch die offene Tür eine Schwarze im Morgenrock und Hausschuhen vor dem Bildschirm sitzen, einen Abendbrotteller im Schoß. Als sie merkte, daß Besuch gekommen war, stand sie auf und machte die Tür zu. Hinter der geschlossenen Tür lief der Fernseher weiter. Es gab einen Krimi. Carella haßte Krimis.

»Oben in Apartment drei-null-vier ist ein Mord begangen worden, Mr. Whittier«, sagte er. »Die Meldung ging bei uns um sieben Uhr zehn ein. War heute im Laufe des Tages das hintere Tor offen?«

»Ja, Sir.«

»Wer hat es aufgemacht?«

»Ich hab's aufgemacht.«

»Wann?«

»Mittags um zwölf, als der Müllwagen kam.«

»Haben Sie jemanden ins Haus gelassen?«

»Nur die Müllmänner. Die Tonnen stehen im Haus, damit die Ratten nicht rankönnen. Hier gibt's nämlich Ratten in der Gegend.«

»Ratten gibt's überall«, sagte Judd, der Lokalpatriot.

»Die Müllfahrer kommen also ins Haus, um die Tonnen zu holen?«

»Na ja, sie brauchen das eigentlich nicht, aber sie wissen, daß sie zu Weihnachten was kriegen, da tun sie uns schon den Gefallen.«

»Wie viele Müllarbeiter sind es?« fragte Carella.

»Zwei«, antwortete Whittier. »Sie haben die Tonnen abgeholt, und ich hab' das Tor wieder abgeschlossen.«

»Haben Sie hinterher das Tor noch einmal aufgemacht?«

»Ja, Sir.«

»Wann?«

»Als es so stark zu schneien anfing. Ich wollte draußen ein bißchen räumen, damit sich nicht zuviel ansammelt.«

»Wo haben Sie geräumt?«

»Draußen an der Rampe, damit der Müllwagen morgen freie Bahn hat.«

»Haben Sie das Tor abgeschlossen, solange Sie draußen waren?«

»Nein, aber ich konnte es beim Schneeschippen sehen.«

»Haben Sie beobachtet, daß jemand hereingekommen ist?«

»Nein.«

»Haben Sie den Eingang die ganze Zeit im Auge behalten?«

»Nein, aber ab und zu habe ich hingesehen.«

»Wann war das?«

»Als ich mit dem Schneeschippen angefangen habe? Muß so gegen halb sechs gewesen sein.«

»Und nach Ihren Beobachtungen hat in dieser Zeit niemand das Haus betreten?«

»Nein, Sir, dann hätte ich sofort den Wachmann angerufen.«

»Vielen Dank, Mr. Whittier«, sagte Carella. »Tut mir leid, daß wir Sie beim Essen gestört haben.«

»Wir haben hier in Haborview sehr strenge Sicherheitsvorkehrungen«, wiederholte Judd im Hinausgehen.

Trotzdem konnte es geschehen, daß zwei Menschen ermordet wurden, dachte Carella. Aber er sagte es nicht laut.

2

Gregory Craigs Leiche wies neunzehn Schnitt- und Stichverletzungen auf. Carella hatte die getippte Liste des Buena Vista Hospitals vor sich, als Hawes am nächsten Morgen mit den Zeitungen kam.

Die Zahl der Wunden war zwar nicht ganz so groß, wie Carella am Tatort geschätzt hatte, aber fest stand wohl, daß es dem Mörder darum gegangen war, Craig mit absoluter Sicherheit vom Leben zum Tode zu befördern.

Marian Esposito dagegen – sie hatten ihren vollständigen Namen aus dem Führerschein ersehen, der in ihrer Schultertasche gesteckt hatte – war durch einen Stich unterhalb der linken Brust ermordet worden, der das Herz getroffen hatte. Sie war offenbar sofort tot gewesen. Wenn ein Zusammenhang zwischen den beiden Verbrechen bestand – und das war eine logische Folgerung –, konnte man vermuten, daß sie dem Mörder bei seiner Flucht über den Weg gelaufen war. Noch ehe Hawes die Zeitungen brachte, hatte Carella entschieden, sich bei den Ermittlungen auf Craig zu konzentrieren. Er gab der Akte die Nummer R-76532, auf die Akte Marian Esposito schrieb er »Begleitfall zu R-76532« und gab ihr die Nummer R-76533.

An diesem Freitag vormittag, dem 22. Dezember, war es im Dienstraum verhältnismäßig ruhig. Die Selbstmordrate würde sich erst am Heiligabend steigern, bis zum Silversterabend leicht abflauen, um dann wieder steil anzusteigen. Miscolo, der Kollege aus dem Büro, hatte eher beiläufig darauf hingewiesen, daß Silvester Vollmond war, was die Selbstmordrate noch steigern würde. Vollmond und Feiertage, das war eine fatale Kombination. Vorerst hatten Laden- und Taschendiebstähle Hochkonjunktur, während Einbrüche, Straßenräubereien, Vergewaltigungen und Raubüberfälle zurückgegangen waren. Vielleicht streiften die Einbrecher, Straßenräuber und Sittlichkeitsverbrecher jetzt durch die Warenhäuser, um Weihnachtseinkäufe zu machen, und ließen sich dabei die Taschen ausräumen.

Der Dienstplan hing an der Wand neben dem Getränkeautomaten, wo er nach Meinung des Lieutenant nicht zu übersehen war. An den Feiertagen mußte bei der Polizei Dienst geschoben werden wie an jedem gewöhnlichen Tag, aber für Heiligabend und den ersten Feiertag standen auf dem Dienstplan meist die Namen jüdischer Cops, die mit ihren christlichen Kollegen getauscht hatten. In diesem Jahr lagen die Dinge etwas anders, denn Weihnachten und der erste Tag von Chanukka fielen auf den gleichen Tag. Zwar wurde sofort wieder einmal auf das eindrucksvollste der Beweis für die Solidarität der demokratischen Ideale und für die Tatsache angetreten, daß alle Menschen Brüder sind, aber für die Cops ergaben sich aus diesem Zusammentreffen erhebliche Probleme. Natürlich waren alle darauf aus, am Montag frei zu haben, und natürlich war das völlig unmöglich, weil dann die Unterwelt der Stadt total verrückt gespielt hätte.

Also mußte ein Kompromiß geschlossen werden. Kompromisse sind bei der Polizei mindestens so wichtig wie in der Ehe. Henny Youngman holte aus seiner Witzkiste immer wieder die Geschichte von dem Mann hervor, der sich einen neuen Wagen, und von dessen Frau, die sich einen Nerzmantel wünscht. Sie schließen einen Kompromiß. Die Frau kauft einen Nerzmantel und hängt ihn in der Garage auf einen Bügel. Steve Carella und Meyer Meyer warfen eine Münze. Carella gewann. Er würde am Heiligabend Dienst machen, Meyer am ersten Tag von Chanukka. So war es verabredet gewesen, ehe der zweifache Mord die Beamten vom 87. Bezirk aufgescheucht hatte. Carella wußte, daß der Fall eine harte Nuß war. Er sah sich schon am Heiligabend mit einer Pizza und einer Flasche Limonade im Dienstraum sitzen. Herrliche Aussichten.

In einer Ecke des Dienstraums saß Detective Richard Genero und tippte seinen Bericht über einen Einbruch, der drei Wochen zurücklag. Genero war klein und brünett, er hatte krauses schwarzes Haar und braune Augen. Seit einiger Zeit trug er beim Schreiben eine Stahlbrille, wahrscheinlich in der Hoffnung, die Sehhilfe würde sich günstig auf seine Rechtschreibung auswirken. Noch immer schrieb er gelegentlich »Tähter«, was zumindest bei der Polizei ein recht schwerwiegender Fehler ist. Neben ihm stand ein Transistorradio, aus dem die Klänge von »Stille Nacht, heilige Nacht« drangen. Carella ließ sich kommentarlos berieseln, aber wenn Lieutenant Byrnes jetzt hereinkam, würde Genero wohl noch noch vor Beginn des neuen Jahres wieder Streifendienst schieben müssen. Genero tippte im Takt zur Musik. Carella wartete gespannt auf die Frage, wie man wohl »Patrouille« schrieb.

Nach der Wanduhr war es 10.37 Uhr. Kurz vor Sonnenaufgang hatte es aufgehört zu schneien, ein blitzblauer Himmel spannte sich über dem Häusermeer. Carella hatte heute keine besondere Lust zum Arbeiten. Er hatte den Zwillingen versprochen, mit ihnen zum Weihnachtsmann zu gehen, aber auch dieser gute Vorsatz war dem Mordfall zum Opfer gefallen.

»Wo stecken sie denn alle?« fragte Hawes. Er legte Carella die Zeitung auf den Tisch. »Hast du schon gesehen? Unser Mann war eine richtige Berühmtheit.« Er hatte die Zeitung bei den Buchbesprechungen aufgeschlagen.

Aus dem Nachruf auf Gregory Craig erfuhr Carella, daß der Mann einen Bestseller mit dem Titel *Tödliche Schatten* verfaßt hatte, einen Bericht über eigene Erfahrungen mit Gespenstern in einem Haus in Massachusetts, das er vor drei Jahren für den Sommer gemietet hatte. Ein ganzes Jahr hatte das Buch die Sachbücher-Bestsellerliste angeführt. Vor einem halben Jahr war es als Taschenbuch erschienen und wurde – ausgerechnet in Wales – zur Zeit verfilmt. Den Gregory Craig spielte ein britischer Filmstar, die Gespenster, die ihm den Urlaub verdarben, waren einst sehr berühmte Altstars aus Hollywood, denen damit ein spätes Comeback ins Haus stand. Craig hatte, ehe ihm mit diesem Sachbuch der Durchbruch gelungen war, ein halbes Dutzend Romane geschrieben, die alle namentlich genannt waren. Zum Teil waren auch Kritiken aus den letzten zwölf Jahren zitiert. Zwischen seinem letzten Roman und der Gespenstergeschichte hatten fünf Jahre gelegen. Als einzige Hinterbliebene war Miss Abigail Craig, seine Tochter, erwähnt. Von dem Mord an Marian Esposito, Aktenzeichen R-76533, war in dem Nachruf nicht die Rede.

»Wie findest du das?« Hawes knüllte den Papierbecher zusammen, den er in der Hand hielt, zielte und verfehlte nur knapp Carellas Papierkorb.

»Zumindest haben uns die Herren von der Presse ein Stück Aktenstudium erspart«, sagte Carella und griff zum Telefonbuch.

Abigail Craig empfing die Kriminalbeamten um elf Uhr zwanzig in einem vorzüglich geschnittenen Kostüm mit Seidenbluse, braunen Stiefeln mit hohen Absätzen und goldenen Ohrringen. Sie hatten zuerst telefonisch angefragt, ob sie vorbeikommen dürften. Miss Craig hatte einen Augenblick gezögert; sie hatten dieses Zögern dem Kummer und der Verwirrung zugeschrieben, die der Tod eines nahen Familienangehörigen mit sich zu bringen pflegt. Als die Beamten ihr jetzt in einem Wohnzimmer gegenübersaßen, das von einem riesigen, üppig geschmückten Weihnachtsbaum beherrscht wurde, waren sie sich nicht mehr so sicher, ob von Kummer und Verwirrung bei ihr überhaupt die Rede sein konnte. Die Verabredung bei ihrem Friseur schien ihr sehr viel wichtiger zu sein als die Erteilung von Auskünften über ihren Vater. Dabei war ihre Frisur noch ganz in Ordnung, fand Hawes. Und nicht nur die Frisur.

Sie war in ihrer kühlen Blondheit und mit ihrem makellosen Teint so, wie sich der kleine Mann eine englische Lady zu Pferde vorstellen mag. In dem schmalen Gesicht mit den hohen Wangenknochen standen grüne Augen. Der großzügige Mund wirkte auch ohne Kriegsbemalung verlockend. Die Oberlippe war etwas zu kurz, um die ebenmäßigen weißen Zähne ganz zu bedecken. Hawes stand auf Frauen mit vorstehenden Zähnen. Er fand es sehr bedauerlich, daß sie nicht zur Weihnachtsbescherung gekommen waren, sondern um Fragen über einen Toten zu stellen, für den die frostige Schöne, die ihnen mit übereinandergeschlagenen Beinen in ihren hochhackigen Stiefeln gegenübersaß, nicht das geringste Interesse aufzubringen schien.

»Es tut mir leid, wenn ich Sie drängen muß«, sagte sie, »aber ich soll um zwölf dort sein, und wenn ich zu Antoine will, muß ich durch die ganze Stadt.«

»Und uns tut es leid, daß wir Sie so überfallen haben«, sagte Hawes und lächelte. Carella sah ihn an. Von einem Überfall konnte überhaupt keine Rede sein. Sie hatten sich vor einer halben Stunde telefonisch angemeldet und ihr Anliegen taktvoll angekündigt.

»Wann haben Sie Ihren Vater zum letztenmal lebend gesehen, Miss Craig?« fragte Carella.

»Vor einem Jahr.«

Das gab ihm nun doch einen Ruck. »Seitdem nicht mehr?«

»Nein.«

»Wie kommt das?«

»Wie das kommt?« Abigail hob eine Augenbraue. »Wie soll ich das verstehen?« Dem Akzent nach hatte sie eine teure Privatschule besucht, dem Tonfall nach empfand sie die Besucher als ausgesprochen lästig. Carella fühlte sich in Gegenwart von Frauen dieses Kalibers immer etwas unbehaglich, und sie gab sich keine besondere Mühe, ihm über seine Befangenheit hinwegzuhelfen. Er sah sie einen Augenblick an und überlegte, wie er vorgehen sollte. Dann entschied er sich für einen Frontalangriff.

»Ein bißchen ungewöhnlich finde ich das schon«, meinte er. »Als einzige Tochter...«
»Er hat noch eine Tochter«, unterbrach sie ihn.
»Noch eine? Ich dachte...«
»Dem Alter nach könnte es jedenfalls stimmen.«
»Darf ich fragen, wen Sie meinen?«
»Hillary.«
»Hillary Scott?«
»Ganz recht.«
»Ich verstehe.«
»Das bezweifle ich.« Abigail holte sich eine Zigarette aus der Emaildose auf dem Beistelltisch. »Ich will ganz offen sein.« Sie blies einen langen Rauchfaden zur Decke und stellte das goldene Feuerzeug auf den Tisch zurück. »Seit der Scheidung hatte sich das Verhältnis zwischen meinem Vater und mir stark abgekühlt. Und als er sich dann diese Spukperson ins Haus holte, war es endgültig aus. Aus und vorbei.«
»Und wann hat er sich diese – äh – Spukperson ins Haus genommen, Miss Craig?«

»Kurz nach Erscheinen der *Tödlichen Schatten*. Da haben sie ihm ja von allen Seiten ihre Gespenster angedient.«

»Und wann war das?«

»Die Hardcover-Ausgabe? Vor eineinhalb Jahren.«

»Wenig später hat er demnach Hillary kennengelernt.«

»Wann er sie kennengelernt hat, weiß ich nicht. Daß die beiden miteinander lebten, habe ich erfahren, als er mich vor einem Jahr großartig zum Puteressen eingeladen hat, zu Thanksgiving. Da hat er sie mir als seine Freundin vorgestellt. Scheißnutte. Was die sich wohl einbildet...«

Carella blinzelte. Von der Straße und vom Dienst her war er eine deutliche Sprache gewöhnt, aber in diesem festlich geschmückten Raum schien ihm der Kraftausdruck einigermaßen fehl am Platz. Hawes hingegen sah Abigail fasziniert an. Er stand auf Frauen, die Kraftausdrücke benutzten – vorausgesetzt, sie hatten so reizende vorstehende Zähne wie Abigail Craig.

»Das war Ihre letzte Begegnung mit Ihrem Vater?« vergewisserte sich Carella.

»Ja, der Thanksgiving Day vor einem Jahr, als er mir diese Spukperson vorführte. Da war bei mir endgültig der Ofen aus. Schon die Scheidung war ja ein starkes Stück gewesen.«

»Wann war die Scheidung?«

»Vor sieben Jahren. Da war gerade *Knights and Knaves* herausgekommen. Sein bester Roman. Und sein letzter.« Sie griff sich die nächste Zigarette, blies einen Rauchfaden zu Hawes hinüber. »Die Kritiker verrissen das Buch, und er ließ seine Wut an Mutter aus. Natürlich. Das war für ihn das Nächstliegende. Stephanie Craig, die Ärmste, war seiner Meinung nach schuld an dem, was die Kritiker über sein Buch zu sagen hatten. Dabei begriff er überhaupt nicht, daß es in Wirklichkeit ein hervorragender Roman war. Nein, wenn die Kritiker sagten, daß er nichts taugte, mußte das stimmen. Und da mußte Mutter eben herhalten. Er wollte aussteigen.« Abigail hob die Schultern. »Er wollte sich endlich selbst verwirklichen, wie er sagte. Na schön, das hat er ja geschafft. Mit einem billigen Schmöker wie den *Tödlichen Schatten*.«

»Lebt Ihre Mutter noch?« fragte Hawes.

»Nein.«

»Wann ist sie gestorben?«

»Vor drei Jahren, im Sommer. Sie ist ertrunken. Es sei ein Unfall gewesen, hat der Coroner in Hampstead, Massachusetts, festgestellt.«

»In Massachusetts«, wiederholte Carella.

»Ja. Der Unglücksort war zwei Meilen von dem berühmten Gespensterhaus meines Vaters entfernt.«

»Wie lange lag zu der Zeit die Scheidung zurück?«
»Vier Jahre.«

»Und sie verlebte den Sommer in derselben Stadt wie er?«

»Mutter hat es nie überwunden. Sie wollte in seiner Nähe sein.« Abigail schüttelte den Kopf.

»Sie sagten eben, Miss Craig, der Coroner...«

»Ja.«

»Glauben Sie auch an einen Unfall?«

»Während ihres Studiums war Mutter in der Schwimmstaffel ihrer Universität«, sagte Abigail knapp. »Sie hat drei Goldmedaillen gewonnen.«

Im Revier fand Carella den Bericht der Spurensicherung vor. Das Schloß von Craigs Wohnungstür ließ sich von innen wie von außen nur mit dem Schlüssel öffnen. Innen hatte kein Schlüssel gesteckt, der Türrahmen wies keinerlei Spuren von Einbruchswerkzeugen oder eines wie auch immer gearteten gewaltsamen Eindringens auf. Die Tür am Hintereingang, die vorbei an einer kleinen Nische für Mülltonnen in die Küche führte, hatte das gleiche Schloß. Auch sie war nicht gewaltsam geöffnet worden. Das Schloß an dem großen Tor vor dem Hintereingang des Wohnblocks war ebenfalls unversehrt. Gregory Craigs Mörder wohnte entweder selbst im Haus und war dem Wachmann bekannt, oder er war ein guter Bekannter von Craig, den er nach der Anmeldung durch den skibegeisterten Wachmann hatte heraufkommen lassen. In Harborview befanden sich sechzig Wohnungen. Carella machte sich eine Notiz. Sie mußten eine Einzelbefragung bei den Bewohnern durchführen, und er mußte bei Byrnes Verstärkung anfordern. Drei Tage vor Weihnachten waren die Aussichten, daß er zusätzliche Leute bekommen würde, mehr als düster.

Zwanzig Minuten nach zwölf rief er in Craigs Wohnung an. Er ließ das Telefon zwölfmal anschlagen, aber es meldete sich niemand. Dann suchte er sich die Nummer der Parapsychologischen Gesellschaft heraus und ließ sich dort Hillary Scott geben.

»Ich habe schon versucht, Sie zu erreichen«, sagte sie. »Hat man Ihnen nichts ausgerichtet? Ich habe mit einem Beamten gesprochen, der auch einen italienischen Namen hat, wie Sie.«

Carella sah zu Genero hinüber, der im Takt seiner Weihnachtslieder ein Sandwich kaute. »Tut mir leid«, sagte er. »Die Nachricht ist bei mir nicht angekommen. Worum handelt es sich?«

»Um die Obduktion. Sie darf nicht stattfinden. Wenn Sie ihn aufschneiden und ihm seine Eingeweide herausnehmen, wie soll er sich da in der Geisterwelt zurechtfinden?«

»Ich kann da gar nichts machen«, erklärte Carella. »Bei Mordfällen ist eine Obduktion zwingend vorgeschrieben.«

»Mit wem kann ich mich in Verbindung setzen, um sie zu verhindern?«

»Wahrscheinlich ist die Untersuchung schon im Gange, Miss Scott. Wir müssen die Todesursache exakt bestimmen, das brauchen wir für unsere Arbeit, denn wenn der Fall zur Verhandlung kommt...«

»Man hört so oft von verstümmelten Geistern«, sagte Hillary.

»Tja, das tut mir leid. Aber weshalb ich anrufe, Miss Scott...«

»Viel zu oft«, sagte sie, als hätte er nichts gesagt.

Es gab eine längere Pause. Carella wartete. Es hatte keinen Sinn, die Diskussion fortzuführen. Und wenn Hillary Scott sich auf den Kopf stellte, die Obduktion mußte sein. Sie würden Gregory Craigs Körper aufschneiden, die wichtigsten Organe entnehmen, den Schädel aufklappen, damit sie das Gehirn untersuchen konnten. Wenn er später im Bestattungsinstitut aufgebahrt war, würde keiner der Trauernden merken, daß sie von dem, was einst ein Mensch war, nur die leere Hülle sahen. Das Schweigen dehnte sich. Jetzt hat sie es wohl begriffen, dachte Carella.

»Ich wollte Sie fragen, ob wir im Laufe des Tages einmal in der Wohnung vorbeikommen könnten«, sagte er.

»Wozu?«

»Es ist denkbar, daß Mr. Craig von einem Einbrecher überrascht worden ist. Wir möchten wissen, ob etwas fehlt, und dazu brauchen wir jemanden, der sich in der Wohnung auskennt.«

»Gregs Mörder war kein Einbrecher«, sagte Hillary. »Es war ein Gespenst.«

Alles klar, dachte Carella. Es war ein Gespenst, das Craig mit einem Drahtbügel die Hände hinter dem Rücken gefesselt und ihm neunzehn Stichwunden beigebracht hat, an Brust, Rücken, Armen, Hals, Händen und Kopf. Mit einem Gespenstermesser, das die Kollegen von der Spurensicherung in der Wohnung nicht gefunden haben. Und mit dem vermutlich auch Marian Esposito, Begleitfall R-76533, umgebracht worden ist.

»Ich habe gestern in der Wohnung eine sehr starke Aura gespürt«, sagte Hillary.

»Könnten wir uns in einer Stunde dort treffen?« fragte Carella.

»Ja, natürlich. Aber ein Einbrecher war es nicht.«

Wenn es denn schon kein Einbrecher gewesen war, so war es zumindest ein Zeitgenosse, der sich in Craigs Wohnung recht großzügig bedient hatte. Nach Hillarys Aussage hatte Craig im Scheinfach seiner Brieftasche etwa dreihundert Dollar gehabt, als sie gestern vormittag um zehn die Wohnung verlassen hatte. Sie wußte das, weil sie ihn gebeten hatte, ihr Geld fürs Taxi zu geben. Er hatte einen Stapel Fünfziger auseinandergefächert, um an die kleineren Scheine zu kommen. Das Geld war verschwunden. Craigs Kreditkarten dagegen waren alle noch da. Aus seiner Schmuckkassette fehlten eine goldene Patek-Philippe-Armbanduhr mit goldenem Armband, ein Paar goldene brillantbesetzte Manschettenknöpfe, ein für den kleinen Finger gedachter goldener Ring mit einem Stein aus Lapislazuli und ein goldenes Gliederarmband. Welchen Wert der Schmuck hatte, konnte Hillary nicht genau sagen. Das Gliederarmband hatte sie ihm selbst letztes Jahr zu Weihnachten gekauft; es hatte 685 Dollar gekostet. Die Patek-Philippe-Uhr schätzte sie etwa auf 6500 Dollar. Über ihren eigenen Schmuck, den Gregory Craig ihr im Laufe ihrer eineinhalbjährigen Bekanntschaft geschenkt hatte, konnte sie dagegen genauere Angaben machen. Sie hatte ihn in einem Fach des Wäscheschranks in einer Schmuckschatulle aufbewahrt, die jetzt gähnend leer war. Auch auf dem Ankleidetisch hatten ein paar kostbare Stücke gelegen; sie waren ebenfalls verschwunden. Den Wert des Schmucks, den Craig ihr geschenkt hatte, kannte sie deshalb so genau, weil sie erst kürzlich eine Aufstellung für die Versicherung gemacht hatte.

»Aber nur für Ihren Schmuck?« fragte Carella.

»Nein, für seinen auch, aber es mußten ja gesonderte Policen ausgestellt werden, weil wir ja nicht verheiratet waren. Ich kenne nur die Summe für meinen eigenen Schmuck.«

»Und auf wieviel belief die sich ungefähr?«

»Sie belief sich auf genau 83430 Dollar.«

»Ein bißchen viel für den Wäscheschrank«, meinte Carella.

»Greg wollte sich demnächst ein Wandsafe anschaffen«, sagte Hillary. »Außerdem war alles versichert. Und die Sicherheitsvorkehrungen sind hier sehr gut. Wir wären sonst gar nicht eingezogen.«

»Fehlt sonst noch etwas?« wollte Hawes wissen.

»Trug er seinen Collegering?« fragte Hillary.

»Wir haben an der Leiche keinen Schmuck gefunden.«

»Dann hat der Mörder den auch mitgenommen.«

»An welcher Hand trug er den Ring?«

»Am Ringfinger der rechten Hand.«

Carella dachte an die Liste, in der Gregory Craigs Wunden aufgeführt waren. Darin war auch eine Schnittwunde an der Innenseite des Ringfingers der rechten Hand erwähnt. Hatte der Mörder versucht, den Ring mit dem Messer von Craigs Finger zu lösen? War er bewaffnet in die Wohnung gekommen, oder hatte er ein Messer benutzt, das er dort gefunden hatte? Wenn er mit Einbruchsabsichten gekommen war, wie hatte er die angeblich so strengen Sicherheitsvorkehrungen unten in der Halle umgangen? Hätte Craig einen Fremden überhaupt in die Wohnung gelassen? Aber Hillary Scott behauptete ja, sein Mörder sei gar kein Einbrecher gewesen.

»Die Aura ist in diesem Zimmer am stärksten«, sagte sie, ging zum Schreibtisch und legte ihre Hände auf die Schreibtischplatte. »Hier war er.«

»Er?«

»Ein männlicher Geist«, sagte sie und ließ ihre Hände leicht über die Schreibtischfläche gleiten. »Jung. Schwarzes Haar und braune Augen.« Sie selbst hatte die Augen geschlossen, ihre Hände streiften behutsam über die glatte Oberfläche. »Er hat etwas gesucht. Nervös, rastlos. Ein unruhiger Geist.«

Carella sah Hawes an, Hawes sah Carella an. Daß jemand, der seiner Frau so ähnlich sah, derart tralala sein konnte, fand Carella höchst verwunderlich.

»Fehlt aus dem Schreibtisch etwas?« fragte er.

»Darf ich ihn aufmachen?« wollte Hillary Scott wissen. »Sind Ihre Leute hier fertig?«

»Ja, das ist alles erledigt.«

In der untersten Schublade lagen Gummiringe, Büroklammern, Stifte und Reiter sowie eine Schachtel mit Lochverstärkern. Das Aktenfach enthielt einen Stapel Schnellhefter, auf denen Namen standen.

»Ist das Craigs Handschrift?« fragte Carella.

»Ja, aber bitte sprechen Sie jetzt nicht.«

»Was sind das für Namen?«

»Gespenster. Pst...« Sie streifte mit der Hand über die Schnellhefter. »Hier hat er gesucht.«

»Dann müssen die Kollegen von der Spurensicherung seine Fingerabdrücke haben«, meinte Hawes.

»Geister hinterlassen keine Fingerabdrücke.«

Typischer Fall von Dachschaden, dachte Carella.

»Diese Namen...«

»Es handelt sich um Gespenster«, wiederholte sie. »Um Fälle, deren Echtheit er überprüfen wollte. Seit den *Tödlichen Schatten* hatten ihm ständig

Leute aus aller Welt schriftlich oder telefonisch ihre Gespenstergeschichten übermittelt.«

»Können Sie mir sagen, ob irgend etwas fehlt?«

»Nein, aber er war hier, das weiß ich.«

Sie schloß das Aktenfach. In dem Fach darüber lag nur ein Stapel gelbes Manuskriptpapier. »Hier war er auch. Er war auf der Suche.«

»Hatte Mr. Craig auch Wertsachen in seinem Schreibtisch?« fragte Carella.

»Seine Akten stellen einen beträchtlichen Wert dar«, erklärte Hillary und machte die Augen auf.

»Vielleicht hat er wirklich etwas gesucht«, meinte Hawes. »Das Zimmer war ja ganz durchwühlt.«

»Eben«, bestätigte Hillary.

»Und er hat ja auch etwas gefunden«, ergänzte Carella.

Hillary sah ihn an.

»Nämlich Schmuck im Wert von über 83 000 Dollar.«

»Nein, nein, er suchte etwas anderes, ich weiß nur nicht, was es war.« Sie fuhr mit den Händen in der Luft herum, als wollte sie etwas einfangen, was die Kriminalbeamten nicht sehen konnten.

»Können wir mal eben in die Küche gehen?« bat Carella. »Ich möchte wissen, ob vielleicht ein Messer fehlt.«

An einer Magnetleiste über der Arbeitsfläche hingen sieben Messer verschiedener Größe, darunter auch ein zwanzig Zentimeter langes sogenanntes

Chefmesser. Hillary erklärte, die Sammlung sei komplett. Dann machten sie die Schranktüren auf, und sie zählte die Bestecke und die Tranchier- und Küchenmesser. Doch auch hier fehlte nichts.

»Dann ist er mit dem Messer schon hergekommen«, erklärte Carella.

Hillary schloß wieder die Augen, spreizte die Hände und stemmte die Handflächen gegen die leere Luft. »Er hat etwas Bestimmtes gesucht«, sagte sie. »Etwas ganz Bestimmtes.«

Warren Espositos Wut entlud sich mit voller Wucht bei Cotton Hawes. Ganz unberechtigt war die Empörung des Mannes vielleicht nicht. Tatsächlich werden die Ermittlungen im Falle eines prominenten Mordopfers von der Polizei mit mehr Nachdruck vorangetrieben als im Falle eines Wermutbruders oder einer abgewrackten Nutte. Nun war Marian Esposito weder eine Trinkerin noch eine Prostituierte gewesen, sondern hatte als Sekretärin in einer Geschenkeversandfirma gearbeitet. Trotzdem hatte sie zweifellos weit weniger im Scheinwerferlicht gestanden als der Bestsellerautor Gregory Craig. Während Warren aufgeregt im Dienstraum hin und her tigerte, überlegte Hawes, ob sie sich intensiver um Marian Esposito gekümmert hätten, wenn statt Gregory Craig sie neunzehn Stichwunden davongetragen und Gregory Craig nur mit einer einzigen Wunde auf der Straße gelegen hätte. Nein, entschied er, auch dann hätten sie die Prioritäten ebenso gesetzt. Craig war »wichtig«, Marian Esposito war nur eine Tote mehr in einer Stadt, die mehr Leichen produziert, als sie verkraften kann.

»Ich möchte wirklich wissen, was Sie sich dabei denken«, brüllte Esposito ihn an. Er war ein großer vierschrötiger Mann mit dichtem, schwarzem Haar und durchdringenden braunen Augen. An diesem Freitag nachmittag trug er Bluejeans, einen Rollkragenpullover und einen offenstehenden, flauschgefütterten Mantel, der beim Gehen wild um ihn herum flatterte. »Nicht ein einziger Cop hat sich bei mir sehen lassen. Sechs Telefongespräche habe ich führen müssen, um zu erfahren, wo man sie hingebracht hat. Ist das so üblich in dieser Stadt? Eine Frau wird vor ihrem eigenen Haus erstochen, und die Polizei fegt sie einfach unter den Teppich, tut, als wenn es sie überhaupt nie gegeben hat.«

»Es gibt noch einen Begleitfall...«, setzte Hawes an.

»Ihren Begleitfall können Sie sich sonstwohin stecken«, tobte Esposito. »Ich will wissen, was Sie unternehmen, um den Mörder meiner Frau zu fangen.«

»Wir schätzen...«

»So, Sie schätzen. Reizende Polizeimethoden sind das!«

»Unserer Meinung nach...«

»Ach, eine Meinung haben Sie auch?«

»Wir glauben, Mr. Esposito«, sagte Hawes so ruhig wie möglich, »daß Gregory Craigs Mörder Ihre Frau nur versehentlich getötet hat. Wir glauben, daß er möglicherweise...«

»Versehentlich? Nennt man das neuerdings ein Versehen, wenn einer Frau ein Messer ins Herz gestochen wird? Ich will Ihnen mal was sagen...«

»Vielleicht habe ich mich unglücklich ausgedrückt.«

»Den Eindruck habe ich auch«, bestätigte Esposito grimmig. »Meine Frau ist tot. Jemand hat sie umgebracht. Sie haben keinen triftigen Grund zu der Annahme, daß es derselbe Kerl war, der den Bücherschmierer da im dritten Stock kaltgemacht hat. Aber der ist ja eine Berühmtheit, und deshalb konzentrieren Sie sich auf ihn. Der Typ, der Marian umgebracht hat, läuft inzwischen frei herum, und ich erfahre nicht mal, wo sie liegt, damit ich mich um die Beerdigung kümmern kann.«

»Sie ist in der Leichenhalle von Buena Vista«, sagte Hawes. »Die Obduktion ist abgeschlossen, Sie können...«

»Ja, ich weiß, wo sie ist. Jetzt. Nach sechs Telefongesprächen.«

»Ich verstehe Ihre Verärgerung, Mr. Esposito«, sagte Hawes. »Aber eine Telefonistin, die täglich Hunderte von Anrufen entgegennimmt, kann unmöglich die Einzelheiten...«

»Wer kennt sie dann, Ihre Einzelheiten?« fiel ihm

Esposito ins Wort. »Sie vielleicht? Unten hat man mir gesagt, daß Sie den Fall bearbeiten. Also los, können Sie...«

»Zusammen mit einem Kollegen, ja«, bestätigte Hawes.

»Dann sagen Sie mir jetzt gefälligst, was Sie unternommen haben. Gibt es irgendwelche Hinweise, wissen Sie überhaupt, wo Sie anfangen sollen?«

»Wir fangen so an, wie wir jedesmal anfangen«, sagte Hawes. »So, wie Sie selbst anfangen würden, Mr. Esposito. Wir haben eine Leiche – in diesem Fall sogar zwei Leichen –, und wir wissen nicht, wer der Täter war. Das versuchen wir herauszubekommen. Das läuft nicht wie im Kino oder auf der Mattscheibe. Wir stellen keine Trickfragen, wir haben keine plötzlichen Eingebungen. Wir machen Kleinarbeit, wir gehen allen Einzelheiten nach, so unbedeutend sie auch aussehen mögen. Wir versuchen, das Warum zu ergründen. Nicht das Wer, Mr. Esposito, darauf kommt es uns hier nicht in erster Linie an. Kriminalromane spielen sich bei der Polizei nicht ab. Wir haben es mit Verbrechen zu tun und mit den Menschen, die diese Verbrechen begangen haben. Bei einem bewaffneten Raubüberfall kennen wir das Warum bereits, ehe wir den Hörer abheben. Bei einem Mord führt uns, wenn wir Glück haben, das Warum oft zum Wer. Zur Zeit haben wir dreihundert ungelöste Morde in den Akten. Wenn wir im nächsten Jahr ein halbes Dutzend davon aufklären, ist das schon eine Leistung. Im ungünstigsten Fall bleiben die Mörder auf freiem Fuß, und wir erwischen sie nie. Ein Mord ist eine einmalige Handlung, falls der Mörder nicht gerade ein Geistesgestörter ist oder tötet, um eine andere Straftat zu verschleiern. Der durchschnittliche Mörder tötet einmal und dann nie wieder. Entweder fangen wir ihn und setzen ihn hinter Schloß und Riegel, damit er nie wieder die Möglichkeit zu morden hat, oder er bricht seine Zelte ab und verschwindet auf Nimmerwiedersehen.«

Esposito sah ihn schweigend an.

»Tut mir leid«, sagte Hawes, »ich hatte nicht die Absicht, eine lange Rede zu schwingen. Wir wissen, wie wichtig es ist, den Mörder Ihrer Frau zu fassen, Mr. Esposito. Aber wir glauben eben, daß die eigentliche Tat in Apartment drei-null-vier begangen wurde, und deshalb fangen wir dort an. Wenn wir Gregory Craigs Mörder erwischen, haben wir auch den Kerl, der Ihre Frau umgebracht hat. So sehen wir den Fall.«

»Und wenn Sie ihn falsch sehen?« fragte Esposito. Seine Wut war verraucht. Er stand da, die Hände in den Taschen seines Flauschmantels vergraben, und suchte in Hawes' Gesicht nach einem wenn auch noch so kleinen Trost.

»Wenn wir ihn falsch sehen, fangen wir noch einmal von vorn an«, sagte Hawes. Hoffentlich nicht, dachte er.

Jerry Mandel, der Skifan, rief an, als Carella und Hawes gerade heimgehen wollten. Sie hatten eine fruchtlose Unterredung mit Lieutenant Byrnes hinter sich, der ihnen ohne Umschweife erklärt hatte, zu Weihnachten könne er ihnen keine zusätzlichen Leute geben. Notfalls müßten sie sich die Mieter von Harborview allein vornehmen. Außerdem teilte er ihnen mit, daß ihn der Anwalt eines gewissen Warren Esposito angerufen und behauptet hatte, der Mord an Gregory Craig werde bevorzugt behandelt, und sie sollten sich gefälligst verstärkt um den Fall Marian Esposito kümmern, sonst würde er einen Freund mobilisieren, der – wie der Zufall so spielt – Mitarbeiter im Büro des District Attorney sei. Byrnes wies seine Leute nachdrücklich darauf hin, daß auch in dieser schönen Stadt der Tod der große Gleichmacher sei und daß eine Leiche – unabhängig von Rasse, Religion, Geschlecht oder Beruf – genauso zu behandeln sei wie die andere – eine Ermahnung, die Carella und Hawes mit den gebotenen Vorbehalten zur Kenntnis nahmen.

Inzwischen waren die Obduktionsbefunde im Fall Gregory Craig und Marian Esposito eingegangen, aber diese hochwissenschaftlichen medizinischen Abhandlungen sagten ihnen nicht viel mehr als das, was sie schon wußten, daß nämlich Gregory Craig an mehrfachen Stich- und Schnittverletzungen und Marian Esposito an einer einzigen Stichwunde gestorben war. Die Mediziner wurden nicht für Spekulationen bezahlt. In den Berichten war deshalb an keiner Stelle auch nur andeutungsweise davon die Rede, daß möglicherweise in beiden Fällen dieselbe Tatwaffe verwendet worden war. Etwas Neues erfuhren sie allerdings doch: Gregory Craig hatte vor seinem Tod getrunken. Die von ihm konsumierte Alkoholmenge hatte zu einem »Nachlassen der Vorsicht« geführt, und die Blutanalyse zeigte einen »deutlichen Rauschzustand«. Sie beschlossen, Hillary Scott – die Spukperson, wie sie auch bei ihnen inzwischen hieß – zu fragen, ob Craig bei der Arbeit zu trinken pflegte. Carella erinnerte sich an die beiden sauberen Gläser neben der Karaffe im Wohnzimmer. War es der Mörder gewesen, der sie nach dem Mord ausgespült hatte? Im Schlafzimmer hatten sie weder eine Whiskyflasche noch ein Glas gefunden.

Es war 18.20 Uhr, als Jerry Mandel anrief. Carella hatte gerade die 38er Chief Special aus dem Schreibtischfach genommen, um sie an seinem Gürtel zu befestigen, als das Telefon läutete.

»87. Bezirk, Carella.«

»Ich hätte gern den Beamten gesprochen, der die Morde in Harborview bearbeitet«, sagte eine Männerstimme.

»Am Apparat.«

»Hier Jerry Mandel. Ich habe hier im Radio gehört, daß Mr. Craig ermordet worden ist, und da habe ich in Harborview angerufen, um zu erfahren, was eigentlich los ist. Jimmy Karlson sagt, daß sie versucht haben, mich zu erreichen. Deshalb wollte ich mich mal melden.«

»Nett, daß Sie anrufen, Mr. Mandel. Sie hatten gestern die Schicht von zwölf bis sechs?«

»Stimmt.«

»Hat in dieser Zeit jemand nach Mr. Craig gefragt?«

»Ja, ein gewisser Daniel Corbett.«

»Wann war das?«

»Gegen fünf, es hatte gerade angefangen zu schneien.«

»Haben Sie ihn bei Mr. Craig angemeldet?«

»Ja.«

»Und was hat Mr. Craig gesagt?«

»Er sagte: ›Schicken Sie ihn gleich herauf.‹«

»Und er ist hinaufgefahren?«

»Ja.«

»Das haben Sie selbst gesehen?«

»Ja, ich habe gesehen, wie er in den Aufzug stieg.«

»Das war gegen fünf, sagen Sie.«

»Ja, ungefähr um fünf.«

»Haben Sie ihn wieder herunterkommen sehen?«

»Nein.«

»Ihr Dienst war um sechs zu Ende.«

»Ich habe so um Viertel nach sechs Schluß gemacht, als Jimmy kam, um mich abzulösen. Jimmy Karlson.«

»Solange Sie noch im Dienst waren, ist dieser Daniel Corbett nicht heruntergekommen?«

»Genau.«

»Könnten Sie ihn beschreiben?«

»Ja, er war ziemlich jung, Ende zwanzig oder Anfang dreißig, würde ich sagen. Er hatte schwarze Haare und braune Augen.«

»Und was hatte er an?«

»Einen dunklen Mantel, braun oder schwarz, das weiß ich nicht mehr. Und dunkle Hosen. Ob er unter dem Mantel einen Anzug oder ein Sportsakko trug, konnte ich nicht sehen. Er hatte einen gelben Schal um den Hals, und er hatte eine Aktentasche bei sich.«

»Trug er einen Hut.«

»Nein, keinen Hut.«

»Handschuhe?«

»Das weiß ich nicht mehr.«

»Wissen Sie, wie sein Name geschrieben wird?«

»Ich habe ihn nicht gefragt. Er sagte Daniel Corbett, und so habe ich ihn bei Mr. Craig angemeldet.«

»Wo sind Sie jetzt, falls ich mich noch einmal mit Ihnen in Verbindung setzen muß?«

»Three Oaks Lodge, Mount Semanee.«

»Danke«, sagte Carella. »Sie haben uns sehr geholfen.«

»Ich hatte Mr. Craig sehr gern«, sagte Jerry Mandel und legte auf.

Carella wandte sich an Hawes. »Sieht so aus, als ob die Sache jetzt in Schwung kommt, Cotton.«

Aber der Schwung hielt sich nicht lange. In den Telefonbüchern der Stadt war kein Daniel Corbett verzeichnet. Sie versuchten Hillary Scott in der Wohnung zu erreichen, waren aber nicht weiter überrascht, als sich dort niemand meldete. Nicht jeder verbringt gern die Nacht in einer Wohnung, in der ein Mord verübt worden ist. In Hillarys Büro meldete sich ein weibliches Wesen, das ihnen mitteilte, dort sei schon längst alles weg und sie sei nur die Putzfrau. In der Hoffnung, irgendwelche Verwandten der Spukperson aufzutreiben, gingen sie alle vierundsechzig Scotts im Telefonbuch durch, aber die Scotts, bei denen sie es versuchten, hatten noch nie etwas von Hillary gehört.

Sie würden sich also doch bis morgen gedulden müssen.

3

Am Samstag morgen um halb neun rief Hillary Scott bei Carella zu Hause an, der noch im Bett lag. Er stützte sich auf einen Ellbogen und angelte sich den Hörer des Apparats, der auf seinem Nachttisch stand.

»Haben Sie versucht, mich zu erreichen?« fragte sie.

»Ja.«

»Ich habe es gespürt. Worum handelt es sich?«

»Woher haben Sie meine Telefonnummer?« fragte Carella.

»Aus dem Telefonbuch.«

Ein Glück, dachte Carella. Hätte sie auch noch seine Nummer gleichsam aus der Luft gegriffen, hätte er auf die sonderbarsten Gedanken kommen können. Es war sowieso ein merkwürdiges Gefühl, mit ihr zu sprechen und dabei daran zu denken, wie lächerlich ähnlich sie seiner Frau sah, die, das Kopfkissen fest an sich gepreßt, neben ihm lag und schlief. Teddy Carella war taubstumm; sie hatte das Telefon nicht läuten hören und hörte auch nicht, wie ihr Mann mit der Frau sprach, die ihr so ähnlich sah. Ob wohl auch Teddys Stimme – hätte sie sprechen können – der Stimme von Hillary Scott ähnlich gewesen wäre?

»Sie haben in der Wohnung angerufen, nicht wahr?« fragte sie.

»Ja.«

»Da bin ich jetzt. Ich wollte mir noch ein paar Sachen holen, und die Aura war um das Telefon herum am stärksten.«

»Hm. Ja. Können Sie mir sagen, wo Sie jetzt wohnen, falls ich...«

»Sie können mich bei meiner Schwester erreichen, Denise Scott. Die Nummer ist Gardner 4-7706. Schreiben Sie sie am besten auf, sie steht nicht im Buch.«

Er hatte sie bereits notiert. »Und die Adresse?«

»317 Laster Drive. Was wollten Sie mich fragen, Detective Carella?«

»Der Wachmann, Jerry Mandel, der in Harborview die Schicht von zwölf bis sechs hat, rief uns an. Er sagt, daß Mr. Craig an dem Tag, an dem er ermordet wurde, um fünf Uhr einen Besucher hatte. Einen gewissen Daniel Corbett. Sagt Ihnen der Name etwas?«

Es gab eine Pause.

»Miss Scott, sind Sie noch da?«

»Ja. Daniel Corbett hat Gregs *Tödliche Schatten* als Lektor betreut.«

»Nach der Beschreibung handelt es sich um einen jungen Mann mit schwarzem Haar und braunen Augen.«

»Ja.«

»Miss Scott, als wir gestern in der Wohnung waren...«

»Ich weiß, was Sie sagen wollen. Der Geist, den ich beschrieben habe...«

»Ein junger Mann mit schwarzem Haar und braunen Augen, so drückten Sie sich aus.« Carella zögerte. »Hatten Sie Grund zu der Annahme, daß...«

»Die Aura war am Schreibtisch am stärksten.«

»Mal abgesehen von der Aura.«

»Ich bin nur davon ausgegangen«, erklärte sie fest.

»Aber Sie kennen Daniel Corbett.«

»Ja, ich kenne ihn.«

»Ist er wirklich ein junger Mann?«
»Er ist zweiunddreißig.«
»Und er hat schwarzes Haar und braune Augen?«
»Ja.«
»Wo kann ich ihn erreichen, Miss Scott?«
»In Harlow House, da ist der Verlag.«
»Heute ist Samstag. Haben Sie zufällig seine Privatnummer?«
»Sicher steht sie in Gregs Notizbuch.«
»Sind Sie zur Zeit im Schlafzimmer?«
»Nein, im Wohnzimmer.«
»Könnten Sie bitte ins Schlafzimmer gehen und die Nummer nachschlagen?«
»Ja, natürlich. Aber es war nicht Daniels Ausstrahlung, die ich gestern gespürt habe.«
»Trotzdem...«
»Einen Moment, bitte.«
Er wartete. Teddy drehte sich um, räkelte sich, dann setzte sie sich auf und blinzelte verschlafen. Sie trug ein cremefarbenes Shorty, das ihr Carella zum Geburtstag geschenkt hatte. Sie streckte sich, lächelte und gab ihm einen Kuß auf die Wange. Dann stieg sie aus dem Bett und ging ins Badezimmer. Unter dem Shorty sahen zwei straffe, erfreulich gerundete Halbmonde hervor. Er sah ihr nach und vergaß vorübergehend, daß sie seine eigene Frau war.
»Hallo?« sagte Hillary.

Die Badezimmertür klappte zu, und er widmete sich wieder seinem Medium. »Neben seinem Namen stehen zwei Nummern«, sagte Hillary. »Eine in Isola, eine in Gracelands. Dort hat er ein Wochenendhaus, soviel ich weiß.«

»Bitte geben Sie mir diese beiden Nummern.« Er hörte im Badezimmer die Wasserspülung rauschen, dann wurde der Wasserhahn aufgedreht. Er notierte sich die Nummern. »Danke, Miss Scott, ich melde mich wieder.«

»Es war nicht Daniel«, wiederholte sie und legte auf.

Teddy kam aus dem Badezimmer. Ihr Haar war vom Schlaf zerzaust, ihr Gesicht wirkte blaß ohne Make-up, aber die dunklen Augen waren klar und wach. Zum tausendsten Mal dankte er dem Schicksal, das vor vielen Jahren Teddy in sein Leben gebracht hatte. Sie war kein junges Mädchen mehr, ihre Figur war nicht mehr so straff und geschmeidig wie die der zweiundzwanzigjährigen Hillary Scott, aber ihre Brüste waren fest, ihre Beine lang und schlank, und sie achtete sehr auf ihr Gewicht. Genüßlich streckte sie sich neben ihm aus, während er die erste Nummer wählte, die Hillary ihm gegeben hatte. Ihre Hand verschwand unter der Decke.

»Hallo?« Eine Männerstimme.

»Mr. Corbett?«

»Ja.« Sehr freundlich klang das nicht. Kein Wunder, dachte Carella, immerhin war es ja erst kurz vor neun, und noch dazu der Samstag vor dem langen Weihnachtswochenende. Unter der Decke ging Teddys Hand spazieren.

»Es tut mir leid, daß ich Sie so früh schon belästigen muß«, sagte Carella. »Mein Name ist Carella. Ich bin Detective im 87. Bezirk und ermittle im Mordfall Gregory Craig.«

»Ach so. Ja«, sagte Corbett.

»Ich wollte fragen, ob ich im Laufe des Vormittags mal bei Ihnen vorbeikommen könnte. Ich möchte Ihnen einige Fragen stellen.«

»Ja, natürlich.«

Carella sah auf den Wecker, der auf dem Nachttisch stand. »Wäre Ihnen zehn Uhr recht?«

Teddy, die ihm die Worte von den Lippen abgelesen hatte, schüttelte den Kopf.

»Oder sagen wir elf«, verbesserte Carella. »Das ist vielleicht besser.«

»Bedeutend besser«, bestätigte Corbett.

»Könnten Sie mir bitte Ihre Adresse geben?« Während Carella sie notierte, hatte Teddys Hand offenbar etwas Schönes zum Spielen gefunden.

»Also dann bis elf«, sagte er. »Vielen Dank.« Er legte auf und wandte sich seiner Frau zu. »Ich muß erst noch Cotton anrufen.«

Sie verdrehte die Augen.

»Es dauert bestimmt nicht lange.«

Sie ließ ihn unvermittelt los und legte sich seufzend zurück, die Hände hinter dem Kopf gefaltet.

»Morgen, Cotton«, sagte Carella. »Ich habe mich für elf Uhr mit Daniel Corbett verabredet. Er wohnt im Quarter. Können wir uns dort treffen?«
»Wie bist du denn auf ihn gekommen?«
»Die Spukperson hat mich angerufen.«
»Einfach so?«
»Aura. Schreib dir die Adresse auf, ja? Bis dann.«
Carella rollte sich zu Teddy hinüber. »So«, sagte er befriedigt.

Sie setzte sich auf, ihre Hände bewegten sich. Er las die Buchstaben ab, die sie formten, und begann zu grinsen. »Du hast Kopfschmerzen? Na hör mal...«

Wieder bewegten sich die schmalen, schlanken Hände.

Ich bekomme immer Kopfschmerzen, wenn jemand zu lange am Telefon hängt, sagte sie.

»Jetzt hänge ich ja nicht mehr am Telefon«, meinte Carella.

Sie hob vielsagend die Schultern. Dann fuhr sie sich mit der Zunge genüßlich über die Lippen und warf sich ihm begehrlich in die Arme.

An diesem letzten Samstag vor Weihnachten wimmelte es im Quarter vor Menschen auf der hoffnungslosen Jagd nach Raritäten und günstigen Angeboten. Früher einmal – es war noch gar nicht so viele Jahrzehnte her – hatte man hier im Künstlerviertel tatsächlich noch erstklassige Gemälde oder

Skulpturen auftreiben können, handgearbeiteten Silber- und Goldschmuck, Lederwaren, die den Vergleich mit Florenz nicht zu scheuen brauchten, herrliche Kunstbücher und Drucke, handgestickte Blusen und Kleider aus Mexiko, Holzschnitzereien und Jade, Töpferwaren und exotische Pflanzen, und das alles zu annehmbaren Preisen. Diese schöne Zeit war unwiederbringlich vorbei. Jetzt war das Quarter eine Attraktion unter vielen in einer Stadt der Touristenfallen. Trotzdem blieben die Käufer nicht aus. Noch immer hatten sie die Hoffnung nicht aufgegeben, hier etwas zu finden, was in den vornehmen Geschäften der Hall Avenue nicht aufzutreiben war.

Wie überall in der Stadt waren die Laternenpfähle mit Weihnachtsschmuck und Tannenzweigen behängt. Für die Schaufensterscheiben hatte weiße Farbe als Eisblumenimitat herhalten müssen. Hinter dem Glas versuchten geschäftstüchtige Dekorateure mit Wattelandschaften Erinnerungen an weiße Weihnachten zu wecken.

Die Beleuchtung der hohen Weihnachtsbäume auf den wenigen noch verbliebenen Plätzen der Stadt glomm trübe in der Morgendämmerung. Der Himmel hatte sich wieder bezogen, und der in den Rinnsteinen zusammengeschobene Schnee hatte jetzt die Lieblingsfarbe der Stadt: Grau. Die Gehsteige waren erst zum Teil geräumt und luden zu unfreiwilligen Rutschpartien ein. Aber die Kaufwütigen der letzten Stunde ließen sich nicht bremsen. Unbeirrbar steuerten sie ihr Ziel an wie Lachse, die flußaufwärts schwimmen, um sich in eisigem Wasser zu paaren.

Daniel Corbett bewohnte eines der wenigen alten Häuser, die aus einst hochherrschaftlichen Villen samt Stallungen entstanden waren. Ein schmiedeeisernes Gitter umgab einen kleinen Hof. Die Haustür erreichte man über einen Durchgang, der zur Straße hin durch eine Fichtenhecke abgeschirmt war. Die Tür war orangefarben gestrichen und hatte einen schönen Messingklopfer. Wäre dieses Prachtstück von der Straße aus zugänglich gewesen, hätte es binnen zehn Minuten einen Liebhaber gefunden, überlegte Carella, aber auch so war es riskant, es in seiner aufreizend polierten Schönheit dort hängen zu lassen.

Carella betätigte den Klopfer. Einmal, zweimal. Hawes sah ihn an.

»Er weiß doch, daß wir kommen, oder?«

Die Tür ging auf.

Daniel Corbett war ein gutaussehender Mann mit glattem schwarzem Haar, braunen Augen und einer Adlernase. Er trug eine rote Hausjacke mit schwarzem Samtkragen, die einen an Dickens denken ließ.

»Mr. Corbett?« fragte Carella.

»Ja.«

»Detectives Carella und Hawes.« Er zückte seine Dienstmarke.

»Ja. Bitte, kommen Sie doch herein«, sagte Corbett.

Von der holzgetäfelten Diele aus betraten sie eine Bibliothek, in der die gesamte Produktion eines mittleren Verlagshauses untergebracht zu sein schien. Ein Feuer flackerte im Kamin, in einer Ecke stand ein Weihnachtsbaum mit zartem, handgeblasenem Glasschmuck und bunter elektrischer Beleuchtung, made in Hongkong. Corbett ging zu einem roten Ledersessel, neben dem in einem Aschenbecher eine Pfeife vor sich hin schmauchte. Er tat einen Zug und sagte: »Bitte, setzen Sie sich.«

Die Atmosphäre war so englisch, daß Carella sich unwillkürlich nach Dr. Watson umsah, den er allerdings nirgends entdecken konnte. Er hätte am liebsten nach dem Punsch geklingelt, sich die Samtpantoffeln angezogen und nach der Weihnachtsgans im Ofen gesehen. Statt dessen nahm er in einem der Sessel Platz, Hawes setzte sich neben ihn, und Corbett als der Hausherr blieb in seinem roten Ledersessel sitzen und paffte.

»Es kann losgehen«, sagte er.

»Ich will gleich zur Sache kommen, Mr. Corbett«, begann Carella. »Am Donnerstag nachmittag, gegen fünf – etwa zwei Stunden, ehe Mr. Craigs Leiche gefunden wurde – erschien ein Mann namens Daniel Corbett in Harborview und...«

»Was?« Corbett wäre um ein Haar die Pfeife aus der Hand gefallen.

»... und meldete sich beim Wachmann in der Halle. Der Wachmann sagte Craig Bescheid, und dieser bat ihn, Corbett hinaufzuschicken. Nach der Beschreibung handelte es sich bei Daniel Corbett um einen jungen Mann mit schwarzen Haaren und braunen Augen.«

»Unglaublich«, sagte Corbett.

»Hm«, meinte Carella. »Wo waren Sie am Donnerstag nachmittag um fünf?«

»Im Büro.«

»Kann das jemand bezeugen?«

»Sämtliche Mitarbeiter. Wir hatten unsere Weihnachtsfeier.«

»Wann fing die Feier an, Mr. Corbett?« wollte Hawes wissen.

»Um drei.«

»Und war wann zu Ende?«

»Gegen halb acht.«

»Waren Sie die ganze Zeit dabei?«

»Ja.«

»Saßen Sie mit einzelnen Mitarbeitern zusammen oder mit allen?«

»Ja, also – eigentlich nur mit einer Mitarbeiterin. Einer der Lektorinnen aus unserem Kinderbuchprogramm. Sie heißt Priscilla Lambeth.«

»Waren Sie auch um fünf mit ihr zusammen?«

»Ja, es wird wohl fünf gewesen sein.«

»Wäre sie bereit, das zu bestätigen?«

»Das kann ich nicht so ohne weiteres sagen.«

»Warum nicht?«

»Weil sie verheiratet ist und es ihr vielleicht nicht so ganz recht wäre, zuzugeben, daß sie sich in einer – etwas kompromittierenden Situation befand.«

»Wie kompromittierend?« fragte Hawes.

»Ich habe sie auf der Couch in ihrem Büro gebumst«, sagte Corbett.

»Um fünf?« fragte Carella.

»Und noch einmal um sechs.«

»Haben Sie ihre Privatnummer?«

»Sie wollen Pris doch nicht etwa anrufen?« entsetzte sich Corbett.

»Wir könnten ihr einen Besuch abstatten.«

»Also wirklich, meine Herren...«

»Einer Ihrer Autoren ist am Donnerstag ermordet worden, Mr. Daniel Corbett, und ein Mann, auf den Ihre Beschreibung zutrifft und der Ihren Namen benutzte, war zwei Stunden, ehe die Leiche gefunden wurde, am Tatort. Die Lage ist ernst, Mr. Daniel Corbett. Wir wollen natürlich keine glückliche Ehe zerstören, aber falls Mrs. Lambeth nicht bestätigen kann, daß Sie um fünf mit ihr zusammen waren, statt mit einem Aufzug in Craigs Wohnung zu fahren...«

»Die Nummer ist Highley 7-8021.«

»Dürfen wir gleich von hier aus telefonieren?«

»Ja, natürlich.« Corbett deutete auf den Apparat, der in der Bücherwand stand. Carella wählte die Nummer, die Corbett ihm gegeben hatte, und wartete. Corbett beobachtete ihn scharf. Er war ganz blaß geworden. Nach dem fünften Anschlag meldete sich eine Frauenstimme.

»Mrs. Lambeth? Hier Detective Carella. Ich ermittle im Mordfall Gregory Craig und würde gern kurz mit Ihnen sprechen. Sind Sie allein?«

»Ja.«

»Wir sitzen hier mit Daniel Corbett zusammen, einem Ihrer Kollegen...«

»Oh...«

»...und er meint, Sie könnten uns sagen, wo er sich am Donnerstag nachmittag um fünf aufhielt. Trifft das zu?«

»Ja, ich...« Sie zögerte. »Was hat er denn dazu gesagt?«

»Uns interessiert im Augenblick mehr, was Sie dazu zu sagen haben, Mrs. Lambeth.«

»Ich schätze, daß er in meinem Büro war.«

»Um fünf?«

»Es kann auch halb fünf gewesen sein, so genau weiß ich das nicht mehr.«

»Sie sind gegen halb fünf zusammen in Ihr Büro gegangen, ja?«

»Ja, so ungefähr um die Zeit.«

»Und wie lange blieben Sie dort?«

»Bis halb sieben. Hat er Ihnen das auch gesagt?«

»Ja, das hat er uns auch gesagt.«

»Wir hatten eine Redaktionsbesprechung.«

»Hm. Ja«, sagte Carella.

»Dann ist ja alles in Ordnung.« Sie wirkte plötzlich erleichtert. »War das alles?«

»Im Augenblick, ja.«

»Ach so.« Sie zögerte. »Soll das heißen, daß Sie mich noch mehr fragen müssen?«

»Das könnte sein.«

»Dann wäre ich Ihnen dankbar, wenn Sie das nächste Mal im Büro anrufen würden. Mein Mann hat es nicht gern, wenn zu Hause von geschäftlichen Dingen die Rede ist.«

Kann ich mir vorstellen, dachte Carella. Aber er sagte es nicht laut.

»Die Nummer ist Carrier 2-8100, Apparat 42.«

»Danke«, sagte Carella höflich.

»Bitte, rufen Sie mich nicht noch einmal zu Hause an«, sagte sie und legte auf.

»Alles klar?« fragte Corbett.

»Ja.« Carella nickte. »Wer könnte sich Ihrer Meinung nach unter Ihrem Namen in Harborview Einlaß verschafft haben?«

»Ich habe keine Ahnung.«

»Ist allgemein bekannt, daß Sie Craigs Lektor waren?«

»Nur in der Branche. Außerhalb dürfte es kaum jemand gewußt haben.«

»Stand vielleicht in irgendeiner Zeitschrift einmal etwas davon, daß Sie Craig verlegerisch betreuten?«

»Ja. Jetzt fällt es mir ein. In *People* war kürzlich ein Artikel über Greg, in dem auch ich erwähnt wurde. Sie brachten ein Bild, auf dem wir zusammen abgebildet waren.«

»Wie lange kennen Sie Priscilla Lambeth schon?« fragte Hawes unvermittelt.

»Noch nicht lange. Sie ist neu bei uns.«

»Wie neu?«

»Sie ist erst im Herbst zu uns gekommen.«

»Und seither sind Sie mit ihr intim?«

»Was geht Sie das an?« fragte Corbett mit einem plötzlichen Anflug von Arroganz.

»Wir haben nur Ihre Aussage darüber, wo Sie am Donnerstag um fünf waren, Mr. Corbett. Wenn die Geschichte schon länger geht...«

»Sie geht noch nicht lange.«

»Dann war wohl am Donnerstag die Premiere, was?« fragte Hawes.

»Das Gespräch fängt an, peinlich zu werden.«

»Finde ich auch«, sagte Hawes. »Sie hatten also schon vorher mit ihr geschlafen.«

»Ja.«

»Wie oft?«

»Angefangen hat es letzten Monat.« Daniel Corbett seufzte.

»Und wie oft waren Sie seither mit ihr zusammen?«

»Zwei- oder dreimal. Es ist keine ernste Sache, wenn Sie das meinen, es ist nicht so, daß Pris sich verpflichtet gefühlt hätte, mir ein Alibi zu verschaffen. Und ich brauche auch gar kein Alibi. Ich war am

Donnerstag nicht in der Nähe von Gregs Wohnung, sondern habe in Priscillas Büro auf der Couch gelegen.«

»War das nicht ein bißchen riskant?«

»Bei einer Weihnachtsfeier? Ich bitte Sie...«

»Wie standen Sie zu Craig?« wollte Carella wissen.

»Es war eine rein geschäftliche Verbindung. Er schickte mir sein Buch, es gefiel mir, und ich empfahl den Ankauf. Dann habe ich es mit ihm durchgearbeitet, und unser Verlag brachte es heraus.«

»Wann war das?«

»Vor anderthalb Jahren. Es war der Hit des Sommers.«

»Wann erhielten Sie das Buch?«

»Etwa zehn Monate vorher.«

»Durch einen Agenten?«

»Er hat keinen Agenten. Die Sendung war an einen Lektor gerichtet, der inzwischen nicht mehr bei uns arbeitete. Natürlich habe ich den Namen sofort erkannt. Ich hatte einige seiner Romane gelesen.«

»Aber dieses Buch war kein Roman.«

»Nein, es war ganz anders als das, was er bisher geschrieben hatte. Es gefiel mir auf Anhieb.«

»Wenn Sie sagen, daß Sie es mit ihm durcharbeiteten...«

»Sehr viel brauchte ich gar nicht zu tun, es waren ein paar kleine Schnitzer auszumerzen, die blauen

Augen auf Seite zwölf waren auf Seite 30 plötzlich grün, hier und da mußte ein bißchen gestrichen werden, aber alles in allem war das Manuskript in Ordnung, ich wünschte, alle Bücher, die ich bearbeiten muß, wären so.«

»Und damit endete Ihre geschäftliche Verbindung?«

»Nein, er arbeitete an einem neuen Buch, als er ermordet wurde. Wir hatten schon Briefe in der Angelegenheit gewechselt und telefonierten häufig deswegen. Er tat sich schwer damit.«

»Trafen Sie sich auch gelegentlich?«

»Ja, wir haben öfter miteinander gegessen.«

»Wann haben Sie ihn zum letztenmal gesehen?«

»Vor zwei Wochen.«

»Hat er ausdrücklich gesagt, daß er Schwierigkeiten mit seinem neuen Buch hatte?«

»Ja, deshalb saßen wir zusammen.«

»Was haben Sie ihm geraten?«

»Was kann man als Lektor einem Autor schon raten? Er hatte schon einmal eine schöpferische Pause gehabt, wie man so schön sagt, zwischen seinem letzten Roman und den *Tödlichen Schatten*. Ich habe ihm gesagt, daß er auch diesmal die Kurve kriegen würde.«

»Hat er Ihnen das abgenommen?«

»Ich glaube schon.«

»Mr. Corbett«, sagte Carella, »in Craigs Schreibmaschine war ein Blatt eingespannt, und ich hatte den Eindruck – wohlgemerkt, ich bin nicht aus der Branche, ich verstehe von diesen Dingen nichts –, daß es der Anfang eines Buches war. Der erste Abschnitt. Ich erinnere mich nicht mehr genau, was darauf stand, aber es ging darum, daß er zum erstenmal ein Haus betrat und...«

»Deshalb braucht es noch nicht der Anfang eines Buches gewesen zu sein. Greg sammelte Berichte über angeblich übernatürliche Vorfälle.«

»*Angeblich* übernatürliche Vorfälle?«

Corbett lächelte leicht verlegen. »Na ja, Sie wissen schon... Bei dem Text könnte es sich um den Anfang für ein Kapitel aus seinem neuen Buch gehandelt haben.«

»Wie lange arbeitet er schon daran?«

»Seit etwa einem Jahr.«

»Und wie viele Kapitel hatte er schon geschrieben?«

»Vier.«

»In einem Jahr?«

»Er tat sich, wie gesagt, schwer damit. Immer wieder schrieb er den Text um. Es wollte ihm einfach nicht so gelingen, wie er es sich vorgestellt hatte. Etwas Gleichwertiges wie die *Tödlichen Schatten* zu produzieren, ist ja auch wirklich nicht einfach. Greg war im Sachbuch noch nicht so firm wie in der Gattung Roman. Er wußte nicht recht, ob er auf dem richtigen Wege war. Manchmal hielt er sogar die *Tödlichen Schatten* für einen Reinfall.«

»Hat er Ihnen das gesagt?«

»Das war nicht nötig. Der Mann war wahnsinnig unsicher.«

»Hat er davon gesprochen, daß er sonst irgendwelche Sorgen hatte?«

»Nein, nie.«

»Drohbriefe oder beunruhigende Telefonate zum Beispiel hat er nie erwähnt?«

»Nein.«

»Oder Anrufe von Spinnern?«

»Die muß jeder Schriftsteller ertragen.«

»Hat er so etwas mal angesprochen?«

»Nicht ausdrücklich. Aber ich weiß, daß er sich letzten Monat eine andere Telefonnummer hat zuteilen lassen. Die Anrufe dürften der Grund dafür gewesen sein.«

»Herzlichen Dank, Mr. Corbett«, sagte Carella. »Es ist möglich, daß wir uns noch einmal mit Ihnen in Verbindung setzen müssen, wir möchten Sie also bitten...«

»...die Stadt nicht zu verlassen«, ergänzte Daniel Corbett lächelnd. »In meinem ersten Job habe ich Kriminalromane redigiert.«

Es hatte wieder angefangen zu schneien. Carella setzte sich ans Steuer und startete den Wagen. Sie warteten, bis die Heizung ein bißchen Wärme verbreitete.

»Was meinst du?« fragte Hawes.

»Ich meine, daß wir uns noch etwas bei seinen Mitarbeitern umhören sollten. Die Aussage dieser Priscilla Lambeth ist mir in diesem Fall eigentlich nicht genug.«

»Mag sein. Andererseits ist sie verheiratet, und wenn sie zugibt, daß sie sich in ihrem eigenen Büro vernaschen läßt, ist es ziemlich unwahrscheinlich, daß sie lügt, nicht? Und noch etwas, Steve. Wenn er in die Wohnung hinaufgefahren ist, um Craig umzubringen, ist es nicht so recht einzusehen, daß er sich bei dem Wachmann angemeldet hat. Er hätte sich doch als Reporter von *Time* oder *Newsweek* oder *Saturday Review* ausgeben können. Weshalb hat er seinen eigenen Namen genannt?«

»Damit Craig ihn einläßt.«

»Und damit der Wachmann sich später an ihn erinnert? Nein, das glaube ich nicht.«

»Vielleicht hatte er gar nicht die Absicht, Craig umzubringen. Vielleicht ist es zu einem Streit gekommen...«

»Der Killer hat das Messer mitgebracht«, wandte Hawes ein.

»Stimmt.« Carella wischte mit der behandschuhten Hand über die beschlagene Windschutzscheibe. Er dachte einen Augenblick nach. Die Scheibenwischer schoben die naß-klebrigen Schneeflocken beiseite. »Ich bin dafür, daß wir Jerry Mandel telefonisch zurückholen. Ich möchte ihn Daniel Corbett gegenüberstellen. Und da wir schon in der Nähe des Gerichtes sind, könnten wir versuchen, einen Haussuchungsbefehl für Corbetts Haus zu bekommen. Aus Craigs Wohnung ist Schmuck im Wert von über 83000 Dollar gestohlen worden. So etwas schlägt man nicht gleich am nächsten Tag wieder los. Schon gar nicht, wenn man in einem Verlag arbeitet und nicht weiß, wie das mit den Hehlern funktioniert. Was meinst du?«

»Ich habe jetzt erst einmal einen Mordshunger.«

Sie stärkten sich bei einem Chinesen in der Cowper Street, dann fuhren sie zum Gericht in der High Street. Der Richter, dem sie den schriftlichen Antrag vorlegten, hatte Bedenken, ihn nur aufgrund eines Telefongesprächs mit einem Wachmann zu genehmigen, aber Carella erklärte, es bestehe hinreichender Grund zu der Annahme, daß zumindest jemand, der sich als Daniel Corbett ausgegeben hatte, zur Tatzeit am Schauplatz des Verbrechens gewesen war und daß man keine Zeit verlieren durfte, dem gestohlenen Schmuck auf die Spur zu kommen, ehe er in alle Winde verstreut war.

Sie redeten eine Viertelstunde hin und her. Dann sagte der Richter: »Ich kann keinen hinreichenden Grund für eine Haussuchung erkennen. Selbst wenn ich jetzt Ihren Antrag genehmige, gibt es später bei der Verhandlung doch nur endlose Auseinandersetzungen.«

Carella brummelte wütend vor sich hin, bis sie wieder auf der Straße standen. Immerhin sei es ein Vorteil der Demokratie, daß die Rechte des Bürgers

so gewissenhaft geschützt würden, meinte Hawes.
»Die der Gangster aber auch«, fauchte Carella ihn an.

Auch mit Jerry Mandel hatten sie kein Glück mehr. Als sie in der Three Oaks Lodge in Mount Semanee anriefen, wurde ihnen gesagt, daß er schon sehr zeitig abgereist war in der Hoffnung, anderswo bessere Schneeverhältnisse zu finden. Schnee hätten sie auch in der Stadt genug, sagte Carella bissig. Zwölf Zentimeter lag er schon hoch, und weitere Schneefälle waren vorausgesagt.

»Können Sie uns nicht ein bißchen was davon herschicken?« fragte der Hotelmensch. »Wir warten dringend drauf.«

Carella legte auf.

4

Der erste Spinner meldete sich am gleichen Nachmittag um halb drei, und Carella vermerkte befriedigt, daß es nicht nur die Herren Schriftsteller waren, die solche Anrufe ertragen mußten, sondern auch die Polizei. Der erste Spinner war weiblichen Geschlechts und hieß Betty Aldershot. Sie wohnte gegenüber von Harborview. Am Donnerstag abend habe sie, fünfundzwanzig Minuten vor sieben, aus dem Fenster geblickt, berichtete sie, und habe einen Mann und eine Frau im Schnee miteinander kämpfen sehen. Bisher wußte Carella noch nicht, daß er es mit einem weiblichen Spinner zu tun hatte. Er griff sich einen Stift und zog sich einen Notizblock heran.

»Können Sie den Mann beschreiben, Miss Aldershot?« fragte er.

»Es war Superman«, sagte sie. »Er trug ein blaues Trikot und ein rotes Cape.«

»Aha«, sagte Carella.

»Er holte seinen großen roten Penis heraus und drang in sie ein. Geradezu enorm.«

»Ja. Hm. Vielen Dank, Miss Aldershot, aber...«

»Und dann flog er davon. Der Dingsbums hing noch raus.«

»Ja. Hm. Nochmals vielen Dank, aber...«

»Den kriegt ihr nie«, sagte sie und gackerte wie eine hysterische Henne. »Er flog schneller als eine Revolverkugel.« Damit legte sie auf.

»Wer war denn das?« fragte Meyer Meyer von seinem Schreibtisch her. Er trug neuerdings drinnen wie draußen eine karierte Mütze, die seinen kahlen Schädel schützte und ihm das Gefühl gab, Sherlock Holmes zu sein. Erst vor einer Woche noch hatten die Kollegen erregte Diskussionen darüber geführt, ob er sie wohl auch im Bett trug.

»Supermans Mutter«, sagte Carella.

»Wenigstens mal was anderes. Wie geht's ihr denn?«

»Glänzend, danke der Nachfrage. Ich habe versucht, Danny Gimp zu erreichen. Hat er jetzt eine andere Telefonnummer?«

»Nicht daß ich wüßte«, sagte Meyer. »Hör mal, was machen wir denn nun wegen Montag?«

»Bis heute um Mitternacht habe ich den Fall geknackt«, erklärte Carella feierlich.

»Klar, du Superman, ihr seid sowieso die Größten. Nein, mal im Ernst: Wenn du sowieso unterwegs bist, kannst du mir doch mein Chanukka gönnen.«

»Mal sehen, wie es um Mitternacht aussieht«, meinte Carella und versuchte es noch einmal, erfolglos, bei Danny Gimp. Mit Fats Donner ließ er sich nur ungern in Geschäfte ein, aber irgendwo in der Stadt kursierte heißer Schmuck im Wert von dreiundachtzigtausend Dollar, und es müßte schon seltsam zugehen, wenn die Unterwelt davon noch keinen Wind bekommen hätte. Er wählte Donners Privatnummer.

»Fats, hier Detective Carella.«

»Was gibt's«, fragte Donner. Er hatte eine ölige, salbungsvolle Stimme. Carella sah den dicken, qualligen Kerl deutlich vor sich. Fats Donner war Hal Willis' Lieblingsspitzel, weil Willis genug Belastendes über ihn wußte, um ihn für die nächsten zwanzig Jahre hinter Gitter zu schicken. Fats Donner trieb es gern mit kleinen Mädchen, wodurch er sich ständig am Rand der Legalität bewegte. Carella sah die dikken Wurstfinger, die den Hörer hielten, stellte sich vor, wie dieselben Wurstfinger über die knospenden Brüste einer Dreizehnjährigen strichen. Der Mann widerte ihn an, aber ein Mord war noch widerlicher als Fats Donner.

»Am Donnerstag abend wurde bei einem Mord Schmuck im Wert von dreiundachtzigtausend Dollar gestohlen«, sagte Carella. »Haben Sie davon schon was läuten hören?« Donner stieß einen leisen Pfiff aus. Vielleicht war es aber nur sein Atem. Er litt an Asthma. »Was für Sachen sollen es denn sein?«

»Ganz gemischt. Ich lese Ihnen gleich die Liste vor. Haben Sie schon was darüber gehört?«

»Bisher noch nicht. Am Donnerstag abend, sagen Sie?«

»Am einundzwanzigsten.«

»Heute haben wir Samstag. Vielleicht hat er das Zeug schon losgeschlagen.«

»Möglich.«

»Ich hör mich mal um«, versprach Donner. »Kostet Sie aber eine Kleinigkeit.«

»Über Preise reden Sie am besten mit Willis.«

»Willis ist doch so knickerig. Es ist Weihnachten, ich hab' meine Geschenke noch nicht alle beisammen. Ich bin ja schließlich auch nur ein Mensch. Sie verlangen von mir, daß ich draußen in der Kälte rumlaufe und die Leute ausquetsche, während ich eigentlich meinen Baum schmücken müßte.«

»Für Ihre kleinen Mädchen, was?« knurrte Carella. Es gab eine Pause.

»Na schön«, sagte Donner, »ich red' mal mit Willis, aber 'n bißchen was müßte schon rauskommen, auch wenn ich euch nichts bringe. Weihnachten ist Weihnachten.«

Carella legte auf und versuchte es noch einmal bei Danny Gimp, aber dort meldete sich noch immer niemand. Er sah auf die Uhr. Was sollte er jetzt anfangen? Eine Gegenüberstellung mit Corbett konnte erst stattfinden, wenn Mandel nach Weihnachten von seinem Skitrip zurückkam. Einen Haussuchungsbefehl für Corbetts Räumlichkeiten hatte er nicht bekommen, und dem verschwundenen Schmuck konnte er erst nachgehen, wenn Donner sich wieder meldete. Falls er sich meldete. Er bat Miscolo, die Liste der gestohlenen Schmuckstücke zu vervielfältigen und an die Leihhäuser verteilen zu lassen, obwohl er genau wußte, daß sie morgen und am Montag geschlossen waren. Und dann war es schon wieder Dienstag und Mandel war zurück. Er setzte sich wieder an seinen Schreibtisch, wählte die Nummer der Three Oaks Lodge in Mount Semanee und ließ sich mit der Geschäftsleitung verbinden. Es schneite noch immer. Cotton Hawes stellte gerade einen Zeitplan über die Morde vom Donnerstag auf. Carella wartete.

»Hallo?« sagte eine Frauenstimme.

»Hier Detective Carella vom 87. Bezirk in Isola. Ich habe vorhin mit einem Ihrer Mitarbeiter gesprochen, der mir sagte, Mandel sei heute früh sehr zeitig abgereist, und er wisse nicht, wohin Mandel hatte fahren wollen. Ich überlege mir nun...«

»Das weiß ich leider auch nicht«, sagte die Frauenstimme. »Ich bin die Geschäftsführerin, Mrs. Garmody.«

»Hat es bei Ihnen in den letzten Tagen viel Schnee gegeben, Mrs. Garmody?«

»Nein, bei uns hier nicht, hoffentlich kommt das noch. Der Wetterbericht hat uns gewisse Hoffnungen für heute gemacht.«

»Wo ist denn das nächste einigermaßen schneesichere Gebiet?«

»Von Semanee aus, meinen Sie?«

»Ja. Wo erwischt denn Jerry Mandel nun seinen Schnee?«

»Da muß er schon nach Vermont fahren. In Mount Snow, in Bromley, Stratton, Sugarbush und Stowe sollen ausgezeichnete Wintersportbedingungen herrschen.«

»Was ist von Semanee aus am nächsten?«

»Mount Snow.«

»Ist dort viel Betrieb? Wie viele Motels haben sie denn da?«

»Sie wollen mich wohl auf den Arm nehmen?« sagte Mrs. Garmody. »Meinen Sie, daß Sie Mr. Mandel dort auf die Spur kommen können?«

»Ja, ich hatte gedacht...«

»Selbst wenn Sie sofort anfangen, die Motels und Mount Snow abzuklappern, schaffen Sie es bis zur

Bescherung bestimmt nicht mehr«, sagte sie belustigt.

»Wo bekomme ich eine vollständige Liste aller Quartiere, die dort zur Verfügung stehen?«

»Meinen Sie das im Ernst?«

»Allerdings. Es handelt sich nämlich um eine Mordermittlung.«

»Ja, dann... Sie könnten natürlich im Verkehrsverein von Mount Snow anrufen, vielleicht können die Ihnen weiterhelfen.«

»Besten Dank.« Carella legte auf.

Hawes kam mit dem Zeitplan zu ihm herüber, den er inzwischen getippt hatte.

17.00 Ein Mann, der sich als Daniel Corbett ausgibt, erscheint in Harborview, wird von Wachmann Mandel angemeldet und fährt mit dem Lift hinauf.

18.15 Der Mann hat das Gebäude noch nicht verlassen, als Mandel von Karlson abgelöst wird.

18.40 Unbekannte männliche Person meldet über Notruf: Blutendes Opfer auf dem Gehsteig vor der Jackson Street 781.

18.43 Streifenwagen Adam 11 fährt zum Tatort. Die Frau wird später als Marian Esposito identifiziert, weiß, 32 Jahre alt.

19.10 Hillary Scott meldet über Notruf Mord in der Jackson Street 781, Apartment 304.

19.14 Die bereits im Fall Esposito ermittelnden Detectives gehen der Sache nach. Bei dem Opfer handelt es sich um Gregory Craig, weiß, 54 Jahre alt.

»Ja, das wär's wohl«, meinte Carella.

»Nicht gerade aufschlußreich«, sagte Hawes.

»Nein, aber es ist trotzdem gut, mal eine Übersicht zu haben.« Carella ließ sich von der Auskunft die Nummer des Verkehrsbüros von Mount Snow geben. Eine freundliche Dame teilte ihm mit, daß in der Kartei des Verkehrsvereins sechsundfünfzig Hotels, Motels, Gaststätten und Ferienhäuser standen, die sich alle in einem Umkreis von zwanzig Meilen um Mount Snow herum befanden. Allerdings, fügte sie hinzu, nahmen sie die Unterkünfte mit weniger als vier Zimmern, von denen es auch etliche gab, gar nicht erst auf. Sie fragte, ob sie ihm die Liste vorlesen sollte.

Carella überlegte. »Nein, lassen Sie nur. Schönen Dank einstweilen.« Er legte auf.

Der zweite spinnige Anruf – so schien es zunächst – kam zwanzig Minuten nach dem ersten. »Es hat etwas mit Wasser zu tun«, sagte eine Frauenstimme.

»Wie bitte?«

»Mit Wasser«, wiederholte die Stimme. Und dann erkannte Carella sie. »Miss Scott?«

»Ja. Der Mord hat etwas mit Wasser zu tun. Kann ich Sie heute nachmittag sprechen? Sie sind die Quelle.«

»Was soll das heißen?«

»Das weiß ich selbst noch nicht genau. Aber Sie sind die Quelle, und ich muß mit Ihnen reden.«

Er erinnerte sich an das, was Gregory Craigs Tochter ihnen gestern erzählt hatte. *Sie ist ertrunken. Es sei ein Unfall gewesen, hat der Coroner festgestellt.* Wasser, dachte er. »Wo kann ich Sie erreichen?«
»Bei meiner Schwester.«
»In einer halben Stunde bin ich da«, versprach er.

Als sie aufmachte, trug sie einen kurzen Bademantel über dünnen Seidenstrümpfen. Ohne Lippenstift, Rouge und Augen-Make-up sah sie Teddy noch ähnlicher.
»Tut mir leid«, sagte sie sofort. »Ich war gerade beim Anziehen, als meine Schwester anrief. Kommen Sie doch herein.«
Stewart City ist weder eine Stadt noch ein Vorort, sondern einfach eine Ansammlung teurer Apartmenthäuser. Wer eine Adresse in Stewart City vorweisen kann, ist mit einem hohen Einkommen gesegnet, besitzt ein Landhaus in der »richtigen« Gegend und einen Mercedes in der Tiefgarage. Es ist eine Adresse, die man mit berechtigtem Stolz nennen kann, was bei vielen Adressen nicht mehr der Fall ist. Die Wohnung von Hillarys Schwester war, dem Stil von Stewart City entsprechend, teuer, aber nicht protzig eingerichtet, und Carella fühlte sich prompt äußerst unbehaglich darin. Der kühle, weiße Kunstweihnachtsbaum in einer Ecke verstärkte dieses Unbehagen. Da war er doch lieber im Revier, wo es nicht so fein, dafür aber gemütlicher zuging. Dort waren

die Weihnachtsbäume echt, die Teppiche abgetreten und nicht weich wie gepflegter Rasen.

»Miss Scott, am Telefon haben Sie gesagt...«

»Schneit es noch?« unterbrach sie ihn.

»Ja.«

»Ich bin um fünf zu einer Party in der Stadt verabredet. Fahren die Taxis noch?«

»Ein paar habe ich vorhin auf der Straße gesehen.«

»Kann ich Ihnen einen Drink anbieten? Wie spät ist es eigentlich?«

»Vier«, sagte er.

»Das ist nicht zu früh für einen Drink, oder?«

»Ich muß Ihnen leider einen Korb geben.«

»Richtig, Sie sind im Dienst. Aber Sie haben doch nichts dagegen, wenn ich mir einen genehmige?«

»Tun Sie sich keinen Zwang an.«

Sie goß sich einen großzügigen Schluck ein, tat zwei Eiswürfel dazu und prostete ihm zu. »Frohe Weihnachten. Setzen Sie sich doch, bitte.«

Ihr Lächeln war dem seiner Frau so ähnlich, daß er ganz durcheinanderkam.

Er gab sich einen Ruck. »Und was ist mit dem Wasser?« fragte er.

Sie machte ein verblüfftes Gesicht. »Wasser? Nein, danke, ich trinke meinen Whisky lieber pur.«

Sie hatte sich ihm gegenüber in einen Sessel gesetzt. Als sie die Beine übereinanderschlug, fiel der

Bademantel auseinander. Sie deckte die Blöße rasch wieder zu.

»Kann ich Sie wirklich nicht zu einem Drink verleiten?«

»Nein, danke.«

»Es kann noch eine Weile dauern, bis sie eintrudelt.«

»Entschuldigen Sie, aber wer...«

»Meine Schwester. Sie hat vor einer halben Stunde angerufen.«

»Ihre Schwester? Was hat die denn...«

»Ich meine Hillary.«

»Hillary?« Carella blinzelte. Hatte er nicht von Anfang an gesagt, daß die Person in die Klapsmühle gehörte? »Miss Scott, es tut mir wirklich leid, aber ich verstehe beim besten Willen nicht...«

»Meine Zwillingsschwester«, erklärte sie und lächelte ihm über den Rand ihres Glases hinweg zu. Er hatte das Gefühl, daß sie dieses Spielchen nicht zum erstenmal spielte und sich immer wieder diebisch freute, wenn jemand auf den Trick hereinfiel.

»Jetzt verstehe ich«, sagte er.

»Ich bin Denise. Wir sehen uns sehr ähnlich, finden Sie nicht?«

»Ja, das stimmt«, sagte er zurückhaltend. Gab es diese Zwillingsschwester wirklich, oder machte sich Hillary auf Kosten des Steuerzahlers einen Spaß mit ihm? »Sie sagen, daß Sie mit ihr gesprochen haben.«

»Ja, vor einer halben Stunde.«

»Wo war sie da?«

»Im Büro. Sie wollte gerade gehen. Aber bei diesem Schnee...«

»Hören Sie mal, sind Sie wirklich...«

Sie nickte. »Ja, ich bin wirklich Denise Scott. Wer von uns beiden ist die Hübschere, was meinen Sie?«

»Das kann ich wirklich nicht entscheiden, Miss Scott.«

»Ich bin hübscher«, kicherte sie. Dann stand sie unvermittelt auf, ging zur Hausbar und goß sich den nächsten Drink ein. »Wirklich nicht?« fragte sie und hielt ihm einladend das Glas hin.

»Nein, wirklich nicht.«

»Schade.« Sie setzte sich wieder. Diesmal kreuzte sie die Beine mit noch mehr Schwung. Der Rand von Nylonstrümpfen und ein Stück Straps blitzten auf. Rasch blickte er weg.

»Ich habe auch Zwillinge«, sagte er.

»Ja, Hillary hat es mir erzählt.«

»Ich habe nie davon gesprochen; wieso...«

»Sie kann eben hellsehen«, meinte Denise und tippte sich wie zur Erklärung an die Schläfe.

»Und Sie?« fragte Carella.

»Nein, meine Talente gehen in eine andere Richtung.« Sie lächelte. »Finden Sie es nicht auch nett, daß Strapse wieder in Mode kommen?«

»Ich – äh – darüber habe ich mir eigentlich noch nie Gedanken gemacht.«

»Das sollten Sie aber«, sagte sie liebenswürdig.

»Miss Scott, wenn Sie verabredet sind und sich anziehen möchten, will ich Sie nicht zurückhalten.«

»Aber nein, ich kann Sie doch jetzt nicht alleinlassen.« Sie beugte sich über den Tisch, um sich eine Zigarette zu angeln. Dabei fiel das Oberteil des Bademantels auseinander. Sie trug keinen Büstenhalter. Sie verharrte einen Augenblick länger als nötig in dieser Haltung. Dann sah sie von unten her zu ihm auf und lächelte.

Carella stand auf. »Ich kann ja noch einmal wiederkommen«, meinte er. »Wenn Ihre Schwester eintrifft, sagen Sie ihr doch bitte...«

Ein Schlüssel drehte sich im Schloß, die Tür ging auf, und Hillary Scott kam herein. Sie trug einen Waschbärmantel über einer weißen Bluse und einem roten Rock. Ihre dunkelbraunen Stiefel waren naß. Sie sah zu Denise herüber. »Zieh dir was an«, sagte sie. »Du wirst dich noch erkälten.« Dann wandte sie sich an Carella. »Tut mir leid, daß ich so spät komme, ich habe kein Taxi erwischt. Denise...« Sie sah wieder ihre Schwester an.

»Nett, daß wir uns kennengelernt haben.« Denise stand langsam auf und zog den Gürtel des Bademantels fester. Er sah ihr nach.

»Daß es drei von uns gibt, das haben Sie nicht gewußt, nicht wahr?« sagte Hillary.

»Drei?«

»Einschließlich Ihrer Frau.«

»Sie kennen meine Frau doch gar nicht«, sagte Carella.

»Aber wir sehen uns ähnlich.«

»Ja.«

»Sie haben Zwillinge.«

»Ja.«

»Das Mädchen sieht aus wie Ihre Frau. Sie ist im April geboren.«

»Nein, aber sie heißt April.«

»Terry... Ihre Frau heißt doch Terry?«

»Teddy.«

»Ja. Teddy. Und sie hieß mit Mädchennamen Franklin?«

»Ja.« Carella sah sie ungläubig an. »Miss Scott, Sie haben mir am Telefon gesagt...«

»Ja. Es hat etwas mit Wasser zu tun. Hat jemand kürzlich mit Ihnen über Wasser gesprochen?«

Hinter der Schlafzimmertür dröhnte Hard Rock aus dem Radio oder vom Plattenspieler. Hillary wandte sich ungeduldig um. »Dreh das Ding leiser, Denise«, rief sie. Die Musik dröhnte weiter. »Denise!« Die Lautstärke sank um sechs Dezibel. Ärgerlich nahm sie sich eine Zigarette aus dem Tischbehälter, zündete sie an und stieß einen langen Rauchfaden aus. »Wir warten am besten, bis sie weg ist«, sagte sie. »In ihrer Gegenwart kann man sich einfach nicht konzentrieren. Möchten Sie etwas trinken?«

»Nein, danke.«

»Ich glaube, ich brauche was.« Sie ging zur Hausbar, goß sich einen Schuß Whisky ein und trank ihn fast in einem Zug aus. Carella fiel der Obduktionsbefund ein.

»Hat Craig stark getrunken?« fragte er.
»Warum wollen Sie das wissen?«
»Nach dem Obduktionsbericht hatte er vor seinem Tode getrunken.«
»Als einen starken Trinker würde ich ihn nicht bezeichnen.«
»Aber er hat in Gesellschaft getrunken?«
»Höchstens zwei, drei Aperitifs vor dem Essen.«
»Und wenn er arbeitete?«
»Nein, nie.«

In den nächsten zehn Minuten konsumierte Hillary zwei weitere Whiskys, wahrscheinlich zur Unterstützung ihrer hellseherischen Fähigkeiten. Carella fragte sich, weshalb er eigentlich hier herumsaß. Immerhin kannte sie den Namen seiner Frau, ohne daß er ihn ihr genannt hatte, sie wußte, daß er Zwillinge hatte, auch die Sache mit April kam der Wahrheit recht nahe. Er glaubte nicht, daß sie Gedanken lesen konnte, aber daß es Menschen mit der Gabe der außersinnlichen Wahrnehmungsfähigkeit gibt, das wußte er, und die Geschichte mit dem Wasser war nicht so ohne weiteres von der Hand zu weisen. Gregory Craigs Frau war vor drei Jahren ertrunken, und Craigs Tochter mochte sich nicht damit abfinden, daß es ein Unfall gewesen war.

Die Schlafzimmertür öffnete sich. Denise Scott trug ein hautenges, tief ausgeschnittenes grünes Jerseykleid mit einem breiten Gürtel, den eine riesige Straßschnalle zierte. Das Kleid war um einiges kürzer, als es der heutigen Mode entsprach, so daß ihre Beine ganz besonders lang und schlank wirkten. Dazu trug sie grüne hochhackige Satinpumps, deren Lebenserwartung im Schnee Carella auf etwa dreißig Sekunden einschätzte. Sie ging wortlos zum Schrank in der Halle, zog die Pumps aus, zwängte sich in ein Paar enge, schwarze Lederstiefel, nahm einen langen schwarzen Mantel aus dem Schrank, griff nach einer schwarzen Samttasche, klemmte sich die Pumps unter den Arm, öffnete die Wohnungstür und lächelte Carella zu. »Ein andermal, *amigo*.« Damit war sie verschwunden.

»Biest«, sagte Hillary und goß sich Whisky nach.

»Ich würde mich an Ihrer Stelle mit dem Zeug ein bißchen vorsehen«, sagte Carella.

»Sie hat versucht, mir Greg wegzunehmen«, erklärte Hillary. »Einmal ist sie nachmittags zu ihm in die Wohnung gegangen und hat ihn mit unserer Ähnlichkeit hereingelegt. Als ich kam, lagen sie miteinander im Bett. Splitternackt.« Sie schüttelte den Kopf und kippte ihren Whisky.

»Wann war das?« fragte Carella sofort. Sie hatte ihm soeben ein überzeugendes Mordmotiv geliefert. Bei Morden ging die Tendenz zur Zeit zurück zu »persönlichen« Morden, während vor einigen Jahren die »unpersönlichen« Morde die Schlagzeilen beherrscht hatten. Das gute alte Verbrechen im Affekt war jetzt wieder an der Tagesordnung. Ehemänner erschossen ihre Frauen und umgekehrt, Liebhaber gingen mit einer Axt auf den Rivalen los, Söhne erstachen Mütter und Schwestern. Hillary Scott hatte Gregory Craig mit ihrer eigenen Schwester im Bett überrascht.

»Irgendwann im vorigen Monat.«

»Also im November.«

»Im November.«

»Wie haben Sie reagiert?«

»Ich habe ihr gesagt, wenn sie sich in Zukunft auch nur in der Nähe unserer Wohnung sehen ließe...« Sie schüttelte den Kopf. »Meine eigene Schwester! Angeblich sollte es ein Witz sein, sie wollte nur sehen, ob Greg uns unterscheiden kann.«

»Und – konnte er es?«

»So wie er es darstellte, hat er gedacht, sie wäre ich.«

»Und wie war es Ihrer Meinung nach wirklich?«

»Ich glaube, er hat es gewußt.«

»Aber Sie wohnen trotzdem jetzt bei ihr.«

»Wochenlang habe ich nicht mehr mit ihr gesprochen. Dann hat sie mich eines Tages angerufen und mir etwas vorgeheult. Sie ist ja eben doch meine Schwester. Wir stehen uns sehr nahe. Trotz allem. Wir sind Zwillinge. Was hätte ich tun sollen?«

Das konnte er gut verstehen. Seine Zwillinge waren trotz ihrer ständigen Streitereien unzertrennlich. Irgendwo hatte er mal gelesen, daß Zwillinge eine Mini-Gang sind, und hatte sofort begriffen, was der Autor damit hatte sagen wollen. Einmal hatte er Mark gescholten, weil er achtlos eine teure Vase zerbrochen hatte, und ihn zur Strafe auf sein Zimmer geschickt. Zehn Minuten später hatte er April in ihrem Zimmer sitzen sehen. Als er ihr vorhielt, daß sie nicht bestraft worden sei, hatte April geantwortet: »Ich muß ihm doch helfen.« Blut ist dicker als Wasser, so heißt es. Bei Zwillingen war es offenbar besonders dick. Hillary hatte ihre Schwester mit Gregory Craig im Bett ertappt, aber Craig war der Außenseiter, Denise war ihre Zwillingsschwester. Und jetzt war Craig tot.

»Wie hat sich das auf Ihre Beziehung zu ihm ausgewirkt?« fragte Carella.

»Mein Vertrauen zu ihm hatte einen Knacks bekommen. Aber ich liebte ihn noch immer, und wenn man einen Menschen liebt, verzeiht man ihm auch den einen oder anderen Ausrutscher.«

Carella nickte. Es klang überzeugend, aber er fragte sich, wie er wohl reagiert hätte, wenn er Teddy im Bett seines Zwillingsbruders vorgefunden hätte. Der Haken war nur, daß er überhaupt keinen Zwillingsbruder, ja überhaupt keinen Bruder, besaß.

»Die Sache mit dem Wasser, Miss Scott«, setzte er noch einmal an.

»Es stimmt, daß jemand über Wasser mit Ihnen gesprochen hat, nicht wahr?«

»Ja, das stimmt. Noch etwas?«

»Geben Sie mir Ihre Hände.«

Er streckte ihr die Hände hin. Sie schloß die Augen.

»Da schwimmt jemand«, sagte sie. »Eine Frau. Band. Ein Band. Ich spüre es in ihren Händen. Stark, sehr stark. Nein, jetzt ist es weg.« Sie öffnete die Augen. »Konzentrieren Sie sich. Sie sind die Quelle.« Sie hielt seine Hände fester, schloß wieder die Augen. »Ja«, sagte sie. Es klang wie ein tiefer Seufzer. Sie atmete rasch, wie gehetzt. Ihre Hände zitterten. »Wasser. Band. Ich ertrinke. Ertrinke...« Und plötzlich ließ sie seine Hände los und legte ihm, noch immer mit geschlossenen Augen, die Arme um den Hals. Er versuchte sich loszumachen, aber ihre Lippen suchten die seinen, saugten sich an ihm fest, dann gruben sich ihre Zähne in seine Unterlippe. Mühsam kam er von ihr los. Sie blieb mit geschlossenen Augen stehen, am ganzen Körper zitternd, und schien ihn überhaupt nicht wahrzunehmen. Sie begann zu schwanken, und dann plötzlich fing sie wieder an zu sprechen, mit einer Stimme, die nicht ihr zu gehören schien, die hohl, gebrochen aus einem vergessenen Sumpf hervorzusteigen schien, begleitet von Nebelschwaden und einem grabeskalten Wind.

»Du hast gestohlen«, sagte sie. »Ich weiß es. Ich

habe es gehört. Du hast gestohlen. Und ich werde es sagen. Du hast gestohlen. Gestohlen...«

Ihre Stimme erstarb. Es war ganz still im Raum, nur die Uhr tickte laut. Überlaut. Allmählich wurde Hillary ruhiger, das Schwanken und Zittern verging, einen Augenblick blieb sie noch ganz still stehen. Dann machte sie die Augen auf und sah Carella erstaunt an.

»Ich – ich muß mich ein bißchen ausruhen«, sagte sie. »Bitte, gehen Sie jetzt.«

Sie ließ ihn stehen und ging ins Schlafzimmer. Einen Augenblick starrte er noch die geschlossene Tür an, dann griff er sich seinen Mantel und verließ die Wohnung.

Das Haus der Carellas war ein großes, ständig Geld verschlingendes Ungetüm, das sie kurz nach der Geburt der Zwillinge zu einem vermeintlichen Zugreifpreis erstanden hatten. Teddys Vater hatte ihnen, während Teddy sich von der Geburt erholte, für einen Monat eine Pflegerin bezahlt, und Fanny Knowles hatte sich später bereit erklärt, zu einem erschwinglichen Gehalt bei ihnen zu bleiben. Sie habe es satt, ständig kranke Mummelgreise zu betreuen, sagte sie. Ohne Fanny wären die Carellas weder mit dem Haus noch mit den Zwillingen fertig geworden. Sie war um die Fünfzig, ließ sich das Haar blau färben, trug einen Kneifer, wog 150 Pfund und regierte die Familie Carella mit der gleichen irischen Strenge, wie um die

Jahrhundertwende die irischen Vorarbeiter ihre Bautrupps, die der Stadt zu einer Untergrundbahn verholfen hatten. Es war Fanny, die es schlankweg ablehnte, einen Neufundländer ins Haus zu nehmen, den Carella während der Ermittlungen um den Mord an einem Blinden und seiner Frau adoptiert hatte. Sie erklärte ihm rundheraus, daß sie zu viel zu tun habe, um auch noch Hundehaufen wegzukehren. »Ich laß mich nicht bescheißen, weder von Menschen noch von Tieren«, hatte sie gesagt. Die Zwillinge, die jetzt zehn waren und damals gerade sprechen lernten, hatten diesen Spruch unverzüglich in ihren Wortschatz aufgenommen. Überhaupt schlugen Fannys Redensarten bei den Zwillingen stark durch. Wenn Carella im Dienst war, war es ja ihre Stimme, die sie ständig im Haus hörten.

An diesem Abend schien das Haus seltsam leer. Er hatte bei dichtem Schneetreiben auf spiegelglatter Straße eineinhalb Stunden von Stewart City bis nach Riverhead gebraucht. Den Versuch, den Wagen die Auffahrt heraufzubekommen, hatte er nach sechs Anläufen aufgegeben. Jetzt stand er hinter dem schon halb zugeschneiten Wagen seines Nachbarn, Mr. Henderson, am Gehsteig. Carella knipste in der Diele das Licht an und hängte seinen Mantel auf. »Niemand zu Hause?« rief er.

Die alte Standuhr – auch ein Geschenk von Teddys Vater – schlug die halbe Stunde. Halb sieben. Er wußte, daß Teddy und Fanny mit den Zwillingen einen Besuch beim Weihnachtsmann gemacht hatten, aber trotz des Schnees hätten sie inzwischen wieder zu Hause sein müssen. Er knipste die Stehlampe am Klavier und die Tiffanyleuchte auf dem Couchtisch an und ging in die Küche. Er nahm die Schale mit den Eiswürfeln aus dem Gefrierfach, ging zurück ins Wohnzimmer und machte sich gerade einen Drink zurecht, als das Telefon läutete.

»Steve, hier Fanny.«

»Wo steckt ihr denn?«

»Wir sind noch in der Stadt, es sind einfach keine Taxis zu bekommen. Vielleicht nehmen wir den Zug, mal sehen, wie es läuft. Ich rufe später noch einmal an.«

»Wie war denn der Weihnachtsmann?«

»Ein geiler alter Typ mit einem falschen Bart. Laß dir deinen Drink schmecken«, sagte Fanny und legte auf.

Er überlegte, ob Fanny am Ende auch hellseherische Fähigkeiten entwickelt hatte. Seine Lippe war noch wund von Hillarys Mund-zu-Mund-Beatmung. Seit seiner Hochzeit hatte er keine andere Frau mehr geküßt, und auch dies hier war ihm nicht vorgekommen wie ein richtiger Kuß. Er hatte weniger Erregung gespürt als vielmehr Angst, dieses seltsame Mädchen könnte ihm durch die Berührung ihrer Lippen vielleicht wirklich die Seele rauben, so daß von ihm schließlich nur noch eine bibbernde graue Masse auf dem Teppich übrigblieb. Er hatte sich fest vorgenommen, Teddy von dem Vorfall zu erzählen, sobald sie heimkam. Er tat zwei Oliven in seinen Martini und hatte gerade die Christbaumbeleuchtung eingeschaltet, als das Telefon sich wieder meldete.

»Ich bin's nochmal, Steve«, sagte Fanny. »Die Sache ist hoffnungslos. Wir werden uns für diese Nacht ein Hotel suchen müssen.«

»Wo seid ihr jetzt?«

»Ecke Waverley und Dome. Wir sind gelaufen. Die Zwillinge sind schon ganz erfroren.«

»Versucht's im *Waverley Plaza*, das ist gleich um die Ecke«, sagte er. »Und ruft mich von dort aus an, ja? Ich warte hier am Telefon.«

»Hast du schon deinen Drink intus?«

»Ja, Fanny.«

»Gut. Sobald wir ein Dach über dem Kopf haben, werde ich mir auch einen genehmigen.«

Carella ging zum Kamin, zerriß die Zeitung – es war die Nummer, in der der Nachruf auf Gregory Craig stand –, schob sie unter den Rost, schichtete sorgfältig Holz darüber und riß ein Streichholz an. Er war bei seinem zweiten Martini, als Fanny zurückrief. Sie hatten zwei Zimmer im *Waverley* bekommen. Zuerst hatte man sie dort nicht nehmen wollen, aber dann hatte sie ihre Trumpfkarte ausgespielt, daß es sich um Frau und Kinder von Detective Stephen Louis Carella vom 87. Bezirk handelte. Er hatte sich noch nie als Mann mit Einfluß gesehen, aber wenn er damit Fanny und seiner Familie ein

Dach über dem Kopf verschafft hatte, sollte es ihm recht sein.

»Wollen Sie mit den Kindern sprechen?« fragte sie.

»Ja, gern.«

»Sie sitzen nebenan vor dem Fernseher. Einen Moment.« Er hörte sie nach den Zwillingen rufen. April war zuerst dran.

»Hallo, Daddy. Du, Mark läßt mich meine Sendung nicht sehen.«

»Sag ihm, daß du eine Stunde sehen kannst, was du willst, und danach kann er seine Lieblingssendung einstellen«, entschied der Vater.

»Ich hab' noch nie im Leben so viel Schnee auf einem Haufen gesehen«, sagte April. »Glaubst du, daß wir Weihnachten noch hier sitzen müssen?«

»Bestimmt nicht, Kleines. Jetzt gib mir mal Mark.«

»Sekunde. Ich hab' dich lieb, Daddy.«

»Ich dich auch, Kleines.« Er wartete.

»Hi, Dad«, sagte Mark.

»Laß sie eine Stunde sehen, was sie mag«, sagte Carella, »dann kannst du einschalten, was du willst. Einverstanden?«

»Na schön, wenn du meinst...«

»Sonst alles in Ordnung?«

»Fanny hat sich beim Zimmerkellner einen doppelten Manhattan bestellt.«

»Schön für sie. Und Mom?«

»Die trinkt Scotch. Wir wären beinah erfroren, Dad.«

»Sag ihr, daß ich sie lieb habe. Ich rufe morgen früh noch einmal an. Welche Zimmernummern habt ihr?«

»Sechs-null-drei und sechs-null-vier.«

»Okay, mein Sohn. Dann schlaf mal schön.«

»Wir gehen aber noch lange nicht ins Bett.«

»Später, meine ich.«

»Okay, Dad.«

Carella legte auf. Er leerte sein Glas, wärmte sich Würstchen, eine Dose Baked Beans und Sauerkraut, aß alles von einem Pappteller vor dem Kamin und trank eine Flasche Bier dazu. Dann machte er in der Küche Ordnung, und um halb zehn lag er im Bett. Es war das erste Mal, daß er in diesem Haus allein schlief. Was er mit Hillary erlebt hatte, ging ihm nach. *Da schwimmt jemand. Eine Frau. Band. Ich ertrinke. Ertrinke. Du hast gestohlen. Ich habe es gehört. Ich weiß es. Ich werde es sagen.*

Seine Lippe tat noch immer weh.

5

Carella wußte nicht recht, wie er es mit Meyer halten sollte. Er mochte ihm seinen Feiertag nicht nehmen, aber andererseits wußte er auch, daß unter Umständen nicht viel dabei herauskommen würde, wenn sie erst am nächsten Tag die Befragung der Mieter von

Harborview durchführten, da viele Bewohner vermutlich über die Feiertage verreist waren. Er beschloß, sich Harborview heute noch vorzunehmen, und rief von zu Hause aus Meyer an.

Sarah war am Apparat. Ihr Mann war unter der Dusche, würde aber zurückrufen. Inzwischen überlegte Carella, wie er heute zum Dienst kommen sollte. Sein Wagen stand noch unten an der Straße, unter Schneehaufen vergraben. Er rief Hawes an.

»Ich bin dafür, daß wir uns Harborview heute vornehmen, Cotton«, sagte er.

»Wenn du meinst...«

»Es sind zwölf Geschosse mit jeweils fünf Wohnungen, macht für jeden dreißig Wohnungen. Wenn wir im Durchschnitt für jede Wohnung eine Viertelstunde ansetzen, kommen wir mehr oder weniger auf einen Achtstundentag.«

Mathematik war nicht gerade Cottons Stärke. »Mehr oder weniger«, meinte er.

»Du legst am besten schon los«, sagte Carella. »Ich komme in einer Stunde nach. Willst du oben oder unten anfangen?«

»Ich soll immer möglichst weit oben anfangen, hat mein Vater gesagt.«

»Auch recht. Dann arbeite ich von unten herauf. Gegen eins treffen wir uns zur Mittagspause unten in der Halle.«

»Na, dann viel Spaß.« Hawes legte auf.

Carella war seinerseits unter der Dusche, als das

Telefon läutete. Er drehte den Hahn zu, griff sich ein Handtuch und hob ab. Es war Meyer.

»Ich war gerade unter der Dusche«, sagte Carella.

»Wir dürfen uns nicht ständig in der Dusche treffen«, mahnte Meyer. »Die Jungs fangen schon an zu reden.«

»Ich wollte wegen morgen mit dir sprechen.«

»Ja, was meinst du?«

»Ich muß heute Harborview abklappern. Tut mir wirklich leid, Meyer.«

»Laß man, du hast die Leute ja nicht umgebracht«, tröstete Meyer. »Was sagst du zu dem Schnee? Weiße Weihnachten wie aus dem Bilderbuch. Wie kommst du in die Stadt?«

»Wahrscheinlich mit der Untergrundbahn.«

»Wie die armen Leute«, meinte Meyer. »Also mach dir wegen morgen keine Gedanken, so war's ja eigentlich sowieso abgemacht.«

Carella und Hawes brauchten für die Befragung weniger Zeit, als sie gedacht hatten. Carella traf kurz nach zehn ein. Eine halbe Stunde vorher hatte Hawes im obersten Stockwerk mit der Vernehmung angefangen. Um eins machten sie, wie verabredet, ihre Mittagspause, und um halb fünf waren sie fertig. Über einer Tasse Kaffee besprachen sie ihre Notizen. Später war noch der Bericht zu tippen, in fünffacher Ausfertigung. Eine Kopie war für Lieutenant

Byrnes bestimmt, eine für Captain Frick, der den Bezirk unter sich hatte, die dritte für die Mordkommission, die anderen beiden für die Akten Craig und Esposito.

Bisher hatten sie in dem Mord an Marian Esposito einen typischen Begleitfall gesehen. Jetzt hatte die Geschichte ein etwas anderes Gesicht bekommen. Als erfahrene Kriminalbeamte wußten sie, daß es so etwas wie Tarn- und Täuschungsmorde gibt. Bei einem von Carellas ersten Fällen war es allem Anschein nach um einen Polizistenhasser gegangen, der herumlief und Cops abknallte, wie sie ihm vor den Lauf kamen. In Wirklichkeit hatte der Mörder es auf einen ganz bestimmten Cop abgesehen, die anderen hatte er nur erschossen, um die Polizei auf eine falsche Fährte zu locken. Hawes hatte vor seiner Versetzung in den 87. Bezirk in einem Fall ermittelt, bei dem der Mörder seinem ersten Opfer und dann noch zwei weiteren Mordopfern die Hände abgehackt hatte. Es ging um die Auszahlung einer bestimmten Versicherungssumme. Der erste Tote war das eigentliche Opfer gewesen, dem der Täter die Hände abgehackt hatte, um eine Identifizierung durch Fingerabdrücke zu verhindern. Der zweite und der dritte Mord hatten nur der Tarnung gedient. Die Cops sollten den Täter für einen Freak halten, dessen Marotte es war, seine Opfer zu verstümmeln.

Nach ihrer bisherigen Theorie war Marian Esposito von Craigs Mörder auf der Flucht getötet worden, weil sie ihn – möglicherweise, mit einem blutbefleckten Messer in der Hand – gesehen hatte. Diese Theorie kam jetzt ins Wanken, denn drei Bewohner der Jackson Street 781 berichteten unabhängig voneinander, daß Marian und Warren Espositos Ehe schon seit einiger Zeit auf der Kippe gestanden hatte.

Das Ehepaar in der Nachbarwohnung, Apartment 702, erzählte Hawes, daß Marian zweimal die Polizei geholt hatte, weil sie von ihrem Mann geschlagen worden war. Der herbeigerufene Streifenbeamte hatte in beiden Fällen den »Familienstreit«, wie so etwas bei der Polizei euphemistisch genannt wird, an Ort und Stelle geschlichtet. Aber nach dem ersten Besuch der Polizei war Marian noch wochenlang mit zwei blauen Augen herumgelaufen, und nachdem die Polizei zum zweitenmal eingeschaltet worden war, hatte sie eine gebrochene Nase.

Der Mieter von Apartment 508, der Marian auf dem wenig schmeichelhaften Polizeifoto wiedererkannt hatte, das in der Zeitung abgedruckt worden war, erzählte Carella, wie er einmal mit den Espositos im Aufzug gefahren war. Plötzlich hätten die beiden Streit miteinander bekommen, und Warren Esposito habe seiner Frau den Arm auf den Rücken gedreht. »Ich hab' gedacht, der Arm ist hin«, sagte der Mann und bot Carella ein Glas Wein an, das dieser ablehnte. Der Bewohner von Apartment 508 wartete auf den Weihnachtsbesuch seines Sohnes und seiner Schwiegertochter. Seine Frau war vor einem halben Jahr gestorben, zum erstenmal feierte er ohne sie Weihnachten. Wieder bot er Carella ein Glas Wein an. Carella tat es leid, daß er bei seiner Ablehnung bleiben mußte, da er ja im Dienst war, aber er gab zu der Viertelstunde, die sie sich für jede Wohnung als Frist gesetzt hatten, noch etwas dazu, weil er die Einsamkeit des Alten spürte. Hoffentlich lassen seine Kinder ihn nicht im Stich, dachte er grimmig.

Die Bewohnerin von Apartment 601, direkt unter den Espositos, erzählte Carella, daß über ihr immer viel geschrien und getrampelt worden sei, manchmal bis um zwei, drei Uhr morgens. Sie war dabei, auf dem Küchentisch ihre Weihnachtsgeschenke einzupacken. »Manchmal«, sagte sie, während sie sorgfältig eine Schleife band, »hat man das, wenn Kinder über einem wohnen, da ist es ja oft unruhig. Aber die Espositos haben keine Kinder. Und daß er sie schlägt, das weiß ja hier jeder.« Sie griff zur Schere und schnitt die Bandenden ab.

»Wir haben es also mit einem Mann zu tun, der seine Frau mißhandelte«, stellte Hawes fest.

»So sieht es aus.«

»Und gestern hat er völlig untröstlich getan.« Hawes schüttelte den Kopf. »Möglich, daß ihm was fehlt, wenn er sie nicht mehr schikanieren kann.«

»Ich will mal eben nachfragen, ob sie wirklich zweimal die Polizei geholt hat. Hast du Kleingeld?«

Hawes holte eine Handvoll Münzen aus der Tasche. Carella nahm, was er brauchte, und ging zu der

Telefonzelle neben dem Zigarettenautomaten. Eine Blondine mit einem Stechpalmenzweig am Mantelaufschlag, die allein an einem Tisch saß, drehte sich zu Hawes um und lächelte ihn an. Die Information, die Carella brauchte, war rasch erfragt. »Stimmt«, sagte er. »Die erste Meldung kam am 18. August, die zweite am 12. November. Ich würde mir Esposito am liebsten gleich vornehmen, was meinst du?«

»Ich bin ziemlich erledigt«, sagte Hawes. »Aber wenn er unser Mann ist, sollten wir verhindern, daß er Weihnachten in Südamerika feiern kann.«

Zehn vor fünf klopften sie bei Esposito, der ihnen aufmachte, nachdem er Hawes durchs Guckloch erkannt hatte. Er war nur in Hose und Unterhemd. Er sei gerade dabei, sich anzuziehen, weil er ins Bestattungsinstitut wolle, erklärte er. Den ganzen Nachmittag sei er schon dort gewesen und sei nur nach Hause gekommen, um zu duschen und sich umzuziehen. Seine Augen waren verschwollen, er hatte offenbar geweint. Carella dachte an Hillary Scotts Beschreibung des »Geistes«, der Gregory Craig ermordet hatte. Warren Esposito war um die Vierunddreißig, er hatte krauses dunkles Haar und dunkelbraune Augen. Aber Menschen mit diesen äußeren Kennzeichen mußte es in der Stadt zu Tausenden geben, darunter auch den Mann, der sich am Tag des Mordes dem Wachmann gegenüber als Daniel Corbett ausgegeben hatte. Und überhaupt – wer glaubte schon an Medien oder Geister?

Warren Esposito jedenfalls war kein Poltergeist. Er war etwa einsfünfundachtzig, muskelbepackt, etwas größer als Carella und etwa so groß wie Hawes. Die Frau, die Carella auf dem Gehsteig hatte liegen sehen, war etwa einssechzig und mochte um die 110 Pfund gewogen haben. So schön brutal, dieser Mr. Muskelmann, dachte Carella und stellte seine erste Frage.

»Stimmt es, Mr. Esposito, daß Ihre Frau zweimal in einem Familienstreit die Polizei um Hilfe bat?«

»Wo haben Sie denn das her?« fragte Esposito. »Die Leute hier im Haus sollten sich lieber um ihre eigenen Angelegenheiten kümmern. Wer war es? Krüger von nebenan?«

»Die Berichte der Streifenpolizisten liegen vor«, sagte Carella.

»Na ja, es hat schon mal Auseinandersetzungen gegeben«, räumte Esposito ein.

»Und da hat Ihre Frau die Polizei geholt.«

»Mag schon sein.«

»Stimmt es, daß Sie ihr bei einer dieser – äh - Auseinandersetzungen zwei blaue Augen verpaßt haben?«

»Wer hat Ihnen das erzählt?«

»Es steht in dem Bericht.«

»Wir haben uns gestritten, das war alles.«

»Haben Sie ihr die blauen Augen verpaßt – ja oder nein?«

»Möglich.«

»Und haben Sie ihr bei der zweiten Auseinandersetzung dieser Art die Nase gebrochen?«

»Mag sein.«

»Haben Sie ihr einmal den Arm so heftig verdreht, daß ein Zeuge dachte, er sei gebrochen?«

»Das war der Luca aus dem fünften Stock, stimmt's? Daß manche Leute nichts Besseres zu tun haben, als sich über ihre Mitbewohner die Mäuler zu zerreißen...«

»Haben Sie es getan oder nicht?«

»Möglich. Aber was spielt das jetzt noch für eine Rolle? Oder wollen Sie etwa behaupten, ich hätte sie umgebracht? Bloß weil wir ab und zu nicht einer Meinung waren? Streiten Sie sich nie mit Ihrer Frau? Sind Sie verheiratet?«

»Ich bin verheiratet«, bestätigte Carella.

»Und gibt's zwischen Ihnen und Ihrer Frau nicht auch manchmal...«

»Wir sprechen jetzt von Ihrer Ehe«, fuhr Carella dazwischen.

»Wo waren Sie am Donnerstag abend zwischen sechs und sieben?« fragte Hawes.

»Hören Sie«, sagte Esposito, »wenn Sie mich hier durch die Mangel drehen wollen, verlange ich, daß man mich mit meinem Anwalt sprechen läßt.«

»Um ein paar Fragen zu beantworten, brauchen Sie keinen Anwalt«, wandte Hawes ein.

»Wenn Sie's so hinstellen, als hätte ich meine Frau umgebracht, brauch' ich sehr wohl einen Anwalt.«

»Das hängt nicht von unseren Fragen ab, sondern von Ihren Antworten.«

»Ich will meinen Anwalt anrufen.«

»Also los, rufen Sie Ihren Anwalt an. Sagen Sie ihm, daß wir Ihnen ein paar harmlose Fragen gestellt haben, auf die Sie uns die Antwort verweigern, und daß wir uns Ihre Antworten, wenn wir sie nicht anders bekommen können, eben vor einer Anklagekammer holen werden.«

»Vor einer Anklagekammer? Na, hören Sie mal...«

»Sie haben ganz recht gehört. Nun rufen Sie schon Ihren Anwalt an, wir haben nicht den ganzen Tag Zeit.«

Esposito ging zum Telefon und wählte. »Joyce, hier Warren Esposito. Ist Jerry da?« Er wartete einen Augenblick. »Jerry, bei mir sind zwei Kriminalbeamte, die wissen wollen, wo ich am Donnerstag war. Sie drohen mit der Anklagekammer und... Ja, Moment.« Er reichte Carella den Hörer. »Er möchte mit Ihnen reden.«

»Hier Detective Carella, 87. Bezirk. Wer ist dort?«

»Jerome Lieberman, Mr. Espositos Anwalt. Ich höre, Sie drohen meinem Klienten mit der Anklagekammer, wenn er...«

»Niemand hat hier gedroht, Mr. Lieberman. Wir haben ihm ein paar Fragen gestellt, was ihn veranlaßt hat, nach seinem Anwalt zu krähen.«

»Was redet er da von einer Anklagekammer?«

»Wir haben ihn gefragt, wo er war, als seine Frau ermordet wurde. Es ist bekannt, daß Ihr Klient seine Frau mißhandelt hat.«

»Ich würde mit meinen Behauptungen etwas vorsichtiger sein, Mr. Carella.«

»Ich stelle nur Tatsachen fest. Die Polizei wurde zweimal in die Wohnung gerufen. Beim erstenmal, Mr. Lieberman – das war am 18. August –, hatte Mrs. Esposito zwei blaue Augen. Beim zweitenmal blutete sie aus der Nase, und der Streifenpolizist, der den Fall aufnahm, hielt fest, daß die Nase gebrochen war. Das war am 17. November, also im vorigen Monat. In Anbetracht dieser Sachlage können Sie es uns wohl kaum verdenken, wenn wir uns dafür interessieren, wo sich Ihr Klient am Tag des Mordes aufhielt. Falls er sich weigert, unsere Fragen zu beantworten...«

»Haben Sie ihn über seine Rechte unterrichtet, Mr. Carella?«

»Das ist nicht nötig. Ihr Klient ist nicht in Polizeigewahrsam, es handelt sich um ein ganz zwangloses Gespräch.«

»Haben Sie vor, ihn zu verhaften?«

»Reden wir nicht um den heißen Brei herum, Mr. Lieberman. Wenn Ihr Klient mit dem Mord an seiner Frau nichts zu tun hatte, braucht er keine Angst zu haben. Wenn er sich aber weigert, unsere Fragen zu beantworten, laden wir ihn vor eine Anklagekammer, und vielleicht bequemt er sich dann dazu, den Geschworenen zu verraten, wo er zur Tatzeit war. Falls er das nicht tut, kann er wegen Mißachtung des Gerichts belangt werden. Aber in diesen Dingen kennen Sie sich ja besser aus als ich, Mr. Lieberman. Die Entscheidung liegt bei Ihnen. Wir haben Heiligabend, und Sie wissen so gut wie ich, daß ich vor dem 26. Dezember keine Jury zusammentrommeln kann. Aber wenn Sie es darauf ankommen lassen wollen, brauchen Sie es nur zu sagen. Wenn Sie meinen Rat haben wollen: Sagen Sie ihm, er soll die Polizei unterstützen.«

»Na gut, geben Sie mir Esposito«, entschied Lieberman.

Esposito nahm den Hörer, ließ eine längere Rede über sich ergehen und sagte schließlich: »Ja, meinst du wirklich? Na schön. Tut mir leid, daß ich dich stören mußte, Jerry. Besten Dank. Und frohe Weihnachten.« Er wandte sich an Carella. »Was wollten Sie mich fragen?«

»Wo waren Sie am Donnerstag abend zwischen sechs und sieben Uhr?«

»Da war ich auf dem Weg von der Arbeit nach Hause.«

»Wo arbeiten Sie?«

»Firma Techni-Systems, Ecke Rigby und Franchise.«

»Was machen Sie dort?« fragte Carella.

»Ich bin Programmierer.«

»Wann haben Sie am Donnerstag Ihr Büro verlassen?«

»Um halb sechs.«

»Und wie kommen Sie heim?«

»Ich fahre mit der Untergrundbahn.«

»Da brauchen Sie von der Ecke Rigby und Franchise nicht länger als eine halbe Stunde. Wenn Sie um halb sechs das Büro verlassen haben...«

»Ich habe unterwegs noch was getrunken.«

»Wo?«

»Bei *Elmer*, gleich bei der Firma.«

»Und wie lange waren Sie dort?«

»Ungefähr eine Stunde.«

»Sie haben sich also erst um halb sieben auf den Heimweg gemacht.«

»So zwischen halb und drei Viertel sieben.«

»Mit wem haben Sie getrunken, Mr. Esposito?«

»Ich war allein.«

»Sind Sie Stammgast bei *Elmer*?«

»Ich geh gelegentlich mal hin.«

»Wo haben Sie gesessen – an einem Tisch oder an der Theke?«

»An der Theke.«

»Kennt der Barkeeper Sie?«

»Wie ich heiße, weiß er nicht.«

»Kennt sonst jemand Sie dort persönlich?«

»Eine der Bedienerinnen. Aber die hatte am Donnerstag frei.«

»Wann waren Sie dann hier?«

»Muß so um halb acht gewesen sein. Die Züge hatten Verspätung.«

»Und wie ging es weiter, als Sie hier waren?«

»Es wimmelte überall von Cops. Ich wollte von Jimmy Karlson erfahren, was los war, und da hat er mir gesagt, daß meine – daß meine Frau tot ist.«

»Was taten Sie dann?«

»Ich habe versucht herauszukriegen, wohin man sie gebracht hatte. Inzwischen war die Leiche nämlich abtransportiert worden. Aber das konnte mir niemand sagen. Dann bin ich in meine Wohnung gegangen und habe bei der Polizei angerufen. Sechsmal. Bis ich meine Antwort hatte.«

»Wußten Sie, daß im Haus selbst noch ein Mord verübt worden war?«

»Ja, das hatte mir Jimmy erzählt.«

»Kannten Sie Mr. Craig?«

»Nein.«

»Und Sie sind ihm auch nie begegnet, im Aufzug beispielsweise?«

»Ich wußte gar nicht, wie er aussah.«

»Was haben Sie gemacht, nachdem Sie erfahren hatten, wohin man Ihre Frau gebracht hatte?«

»Ich bin ins Leichenschauhaus gegangen und habe sie identifiziert.«

»Wer war dabei?«

»Keine Ahnung, was das für ein Typ war, wohl ein Polizeiarzt.«

»Wann war das?«

»So gegen neun. Die haben dort gesagt, ich könnte die Leiche am Freitag mittag haben. Dann bin ich wieder hierhergefahren und habe mit dem Bestattungsunternehmen vereinbart, daß sie dort abgeholt wird.«

»Wir werden bei *Elmer* nachfragen müssen, ob Sie tatsächlich dort waren, Mr. Esposito«, sagte Carella. »Ein Foto, das wir dem Barkeeper zeigen könnten, würde uns die Aufgabe erleichtern. Haben Sie zufällig ein neueres Foto von sich bei der Hand?«

»Von einem Foto hat mein Anwalt nichts gesagt.«

»Sie können ihn gern noch einmal anrufen«, meinte Carella. »Wir brauchen es nur zur Identifizierung in der Bar.«

»Na schön, dagegen ist wohl nichts zu sagen.« Esposito wandte sich zur Tür; auf der Schwelle drehte er sich noch einmal um. »Ich habe sie nicht umgebracht. Wir hatten unsere Schwierigkeiten, aber umgebracht habe ich sie nicht.«

Bis sie zu *Elmer* kamen, war es fast sieben. Die Bar war gut besucht, hauptsächlich von Frauen, die am Heiligabend nicht wußten, wo sie bleiben sollten. Sie saßen dicht an dicht an der Theke oder an den Tischen, tranken sich zu und starrten auf die Mattscheibe, über die eine rührende Familienweihnachtsfeier flimmerte. Hinter der Theke standen zwei Barkeeper, die aber beide am Donnerstag abend, als Esposito angeblich über eine Stunde hier gewesen war, frei gehabt hatten. Den Mann auf dem

Foto allerdings erkannten sie. Der Kollege, der am Donnerstag Dienst gemacht hatte, war ein gewisser Terry Brogan, von Beruf Feuerwehrmann. Den Barkeeper machte er nur als Nebenjob. Von der Bar aus versuchten sie, Brogan unter seiner Privatnummer zu erreichen. Dort meldete sich niemand. Dann versuchten sie es in der Feuerwache, wo sie mit Captain Ronni Grange sprachen. Brogan sei mit Frau und Kindern über Weihnachten nach Virginia gefahren, erfuhren sie. Zu seiner Schwester.

»Eins sag ich dir, Cotton«, sagte Carella, als sie die Bar verließen. »Laß dich bloß nicht vor Weihnachten umbringen.«

Draußen auf der Straße schüttelten sie sich die Hand, wünschten sich gegenseitig ein frohes Fest und stürzten sich in das Gewühl der öffentlichen Verkehrsmittel. Es hatte wieder angefangen zu schneien.

Es war acht geworden, bis Carella nach Hause kam. Der Schnee hatte den Verkehr auf den oberirdischen Strecken praktisch zum Erliegen gebracht, und der Fahrplan war völlig aus den Fugen. Vor seinem Haus kämpfte er sich durch hohe Schneewehen bis zur Haustür durch. Ein Junge aus ihrer Straße hatte den Auftrag, für drei Dollar pro Stunde den Gehsteig zu räumen, wenn es schneite. Offenbar war er seit gestern nicht mehr dagewesen. Carella trat sich vor der Haustür den Schnee von den Füßen. Der Kranz an der Tür hing schief. Er rückte ihn gerade, schloß auf und trat ein.

Selten war ihm sein Haus so anheimelnd vorgekommen. Im Kamin brannte ein Feuer, der Weihnachtsbaum in der Ecke war bunt geschmückt, und der Widerschein der Flammen fing sich in den glitzernden kleinen Dingen, die an den Zweigen hingen. Teddy trug ein langes rotes Hauskleid. Das schwarze Haar hatte sie im Nacken zusammengebunden. Sie fiel ihm um den Hals, noch ehe er den Mantel ausgezogen hatte. Der Vorfall vom vergangenen Nachmittag fiel ihm wieder ein. Er würde ihr erzählen müssen, daß Hillary Scott ihm beinah die Unterlippe abgebissen hatte.

Er hatte sich einen Martini gemixt und es sich in einem Sessel am Kamin bequem gemacht, als die Zwillinge in Pyjama und Morgenrock hereintobten. April kletterte auf seinen Schoß, Mark setzte sich neben ihn auf den Teppich.

»Ihr wart also beim Weihnachtsmann«, sagte Carella.

»Hm«, sagte April.

»Habt ihr ihm erzählt, was ihr euch alles wünscht?«

»Hm«, sagte April wieder.

»Dad...«, setzte Mark an.

»Du hast uns sehr gefehlt«, fuhr April dazwischen.

»Ihr mir auch, Kleines.«

»Dad...«

»Sag's ihm nicht«, unterbrach April.

»Früher oder später muß er es ja doch erfahren.«

»Was denn?« wunderte sich Carella.

Mark sah seinen Vater nicht an. »Dad, es gibt gar keinen Weihnachtsmann.«

»Woher weißt du das?«

»Weil man sie zu Hunderten auf der Straße sieht«, erklärte Mark. »So schnell kann einer gar nicht überall rumkommen.«

»Das sind seine Gehilfen«, erklärte April. »Nicht, Dad?«

»Gar nicht wahr. Es sind ganz gewöhnliche, langweilige Männer«, sagte Mark.

»Seit wann wißt ihr das?« erkundigte sich Carella.

»Ja, also...« April schmiegte sich enger an ihn.

»Wie lange?«

»Seit dem vorigen Jahr«, flüsterte sie.

»Aber wenn ihr gewußt habt, daß es gar keinen Weihnachtsmann gibt, warum wolltet ihr ihn dann unbedingt auch in diesem Jahr wieder besuchen?«

»Wir wollten dir nicht weh tun«, sagte April und warf ihrem Bruder einen bösen Blick zu.

»Ist nicht schlimm«, sagte Carella. »Ich bin froh, daß ihr es mir gesagt habt.«

»Du und Mommy, ihr seid der Weihnachtsmann«, sagte April und erstickte ihn fast mit ihrer zärtlichen Umarmung.

»Tja, dann müßt ihr aber jetzt ganz schnell ins

Bett gehen, sonst können wir nicht Weihnachtsmann spielen.«

Er brachte sie nacheinander ins Bett, deckte sie zu und gab ihnen einen Gutenachtkuß. Als er Marks Zimmer verließ, fragte der Sohn: »Dad?«

»Ja, mein Junge?«

»Habe ich dir weh getan?«

»Nein.«

»Bestimmt nicht?«

»Ganz bestimmt nicht.«

»Weil – weißt du, ich habe gedacht, es ist besser, als zu schwindeln.«

»Schwindeln ist nie gut«, sagte Carella, fuhr seinem Sohn übers Haar und merkte einigermaßen überrascht, daß er einen richtigen Kloß im Hals hatte. »Frohe Weihnachten, mein Junge.« Er wandte sich ab und knipste das Licht aus.

Teddy hatte heiße Käsetoasts gemacht, die sie schnell aus der Küche holte. Dann sagte sie den Kindern gute Nacht. Als sie wieder ins Wohnzimmer kam, hatte Carella seinen zweiten Martini beim Wickel. »Es war ein langer, harter Tag«, erklärte er. »Möchtest du auch etwas?«

Einen Scotch bitte. Mit viel Wasser.

»Wo ist Fanny?« fragte Carella.

In ihrem Zimmer, sie packt Geschenke ein.

Sie saßen am Feuer, tranken und aßen ihre Toasts. Das Essen sollte in einer halben Stunde fertig sein, Teddy hatte nicht gewußt, wann er kommen würde, und hatte es vorerst warm gestellt. Dann erkundigte sie sich nach seinem neuesten Fall, und er erzählte ihr von Hillary Scott und ihrer Zwillingsschwester Denise und daß Hillary nicht nur Teddys Vornamen, sondern auch ihren Mädchennamen gewußt hatte, daß sie Aprils Namen erraten und gesagt hatte, daß April ihrer Mutter ähnele.

Und dann erzählte er ihr von dem Kuß.

Er erzählte ihr, wie sie sich an seinem Mund festgesaugt hatte, als wollte sie ihn nie wieder loslassen. Er erzählte ihr von Hillarys Trance, von der hohlen gespenstischen Stimme, in der sie vom Ertrinken und Stehlen geredet hatte. Teddy hörte schweigend zu. Auch beim Essen sagte sie nicht viel, sie beschäftigte sich mit den Platten und Schüsseln, legte ihm vor und wich seinem Blick aus. Nach dem Essen holten sie die eingepackten Geschenke aus dem Versteck im Keller und legten sie unter den Weihnachtsbaum. Er würde noch ein bißchen Schnee schippen, ehe es fror, sagte er. Jetzt fiel Teddy wieder ein, daß der Junge Fanny angerufen und ihr gesagt hatte, er könne übers Wochenende nicht kommen, weil er zu seiner Großmutter fahren wollte.

Draußen beim Schneeschippen überlegte Carella, ob er Teddy doch die Sache mit dem Kuß nicht hätte erzählen sollen. Er hatte ihr nicht gesagt, daß Hillary Scott wie eine jüngere Ausgabe von ihr aussah, und war jetzt froh darüber, daß er es nicht getan hatte. Es war sehr kalt geworden.

Als Carella ins Haus zurückkam, blieb er noch einen Augenblick vor dem fast niedergebrannten Feuer stehen, um sich zu wärmen, dann ging er ins Schlafzimmer. Teddy lag im Bett; das Licht hatte sie ausgemacht. Er zog sich leise aus und legte sich zu ihr. Sie rührte sich nicht, aber er hörte an ihrem Atem, daß sie noch nicht schlief. Er knipste das Licht wieder an.

»Was hast du denn, Schatz?« fragte er.

Du hast eine andere Frau geküßt.

»Nein, sie hat mich geküßt.«

Das ist doch dasselbe.

»Und außerdem war es kein Kuß, es war... Ich weiß selber nicht, was es war. Es war jedenfalls sehr unheimlich.«

Ein Kuß ist ein Kuß.

»Liebling, glaub mir doch, ich...«

Sie schüttelte den Kopf.

»Ich liebe dich, Schatz. Nicht mal Jane Fonda würde ich einen Kuß geben, wenn ich sie morgen früh unter dem Weihnachtsbaum finden würde. Und du weißt ja, was ich von Jane Fonda denke.«

Nein, was denn? fragte Teddy.

»Na ja, ich meine – ich – ich finde sie sehr... attraktiv«, sagte Carella und kam sich vor, als sei er in eine der hohen Schneewehen vor der Tür geraten. »Ich will damit nur sagen...«

Ich habe mal geträumt, daß ich mit Robert Redford geschlafen habe, sagte Teddy.

»Und wie war's?«
Gar nicht schlecht.
»Hör mal, Schatz...«
Sie beobachtete seine Lippen.
»Ich liebe dich über alles«, sagte er.
Dann keine Küsse mehr, meinte sie und nickte ihm ernsthaft zu. *Sonst kannst du was erleben, du Strolch.*

6

Als der Bürgermeister von Reportern gefragt wurde, wie er vor Weihnachten die Straßen freibekommen wollte, sagte er in seiner gewohnt witzigen Art: »Ich bitte euch, Jungs, das bißchen weiße Zeug, das da vom Himmel runterkommt, wirft uns doch nicht um.« Die Herren von der Presse fanden das nicht sehr lustig, und auch die Cops vom 87. Bezirk konnten nicht darüber lachen.

Wer das Pech hatte, in der Schicht von Mitternacht bis acht Uhr morgens zu stecken, saß noch bis zehn an seinem Platz, denn erst dann trudelte allmählich die Ablösung ein. Im 87. Bezirk waren die drei Schichten unter achtzehn Detectives aufgeteilt. Die Schicht von acht bis vier hatten Meyer Meyer, Hal Willis, Bob O'Brien, Lou Moscowitz, Artie Brown und ein Neuer aus dem 21. Bezirk, ein gewisser P. W. Wizonski. Wizonski war einsachtundachtzig, wog zwei Zentner und hatte viel zu leiden, weil er Pole war. Jeden Tag mußte er neue polnische Witze über sich ergehen lassen. An diesem ersten Weihnachtsfeiertag erzählte Lou Moscowitz, für den an diesem Tag Chanukka war, wie Papst Johannes Paul II. mit seinem ersten Wunder Wein in Wasser verwandelt hatte. Wizonski fand das nicht lustig. An diesem Tag schien niemand viel Glück mit Witzen zu haben.

Ab halb elf ging es im Revier rund.

Es begann mit einem sogenannten Familienstreit Ecke Mason und Sixth. Die Mason Street war eine Ansammlung von Billardsalons, Sexshops, Pornokinos, schmierigen Imbißstuben, Tante-Emma-Läden und einem Dutzend Pinten sowie einer Kirche, die unentwegt und trotz aller Widrigkeiten versuchte, in diesem Viertel Seelen zu retten. Die Wohnhäuser waren alte, vergammelte Mietskasernen, deren Bewohner die haarsträubenden Wohnverhältnisse hinnahmen, weil man in keiner anderen Gegend so niedrige Mieten zahlte. Aus einem dieser heruntergekommenen Häuser war der Notruf gekommen.

Den beiden Streifenpolizisten, die den Einsatz fuhren, bot sich ein Bild, das alles andere als weihnachtlich war. Im Wohnzimmer fanden sie zwei Leichen mit Kugeln im Leib. Eine Frau im Morgenrock saß tot in einem Sessel am Telefon, den Hörer noch in der blutigen Hand. Später stellte sich heraus, daß es die Frau gewesen war, die sie über Notruf 911 alarmiert hatte. Das zweite Opfer war eine

Sechzehnjährige, die mit dem Gesicht nach unten auf dem abgetretenen Linoleum lag. Am Telefon hatte die Frau nur gesagt: »Hilfe, Polizei. Mein Mann dreht durch.« Daß es so ernst war, hatten die Streifenpolizisten nicht erwartet. Sie hatten geklopft, und als niemand öffnete, hatten sie leichtsinnigerweise ohne weitere Vorsichtsmaßnahmen die Tür aufgemacht und waren eingetreten. Immerhin war Weihnachten und/oder Chanukka. Jetzt zogen sie aber doch die Waffe und sahen sich um. An einem Ende des Zimmers war eine geschlossene Tür. Der eine Streifenpolizist, ein Schwarzer namens Jake Parsons, klopfte. Die Antwort war eine Salve von Schüssen, die große Stücke aus der Türfüllung riß und seinen Kopf mitgenommen hätte, wenn er sich nicht geistesgegenwärtig hätte zu Boden fallen lassen. Die beiden Cops verließen schleunigst die Wohnung.

Vom Funkwagen aus meldeten sie Murchison, dem Diensthabenden, daß sie es mit einem Doppelmord und einem unfreundlichen Zeitgenossen zu tun hatten, der hinter verschlossener Tür mit einer Kanone lauerte. Murchison forderte aus dem Dienstraum Verstärkung an. P. W. Wizonski holte Halfter und Pistole aus dem Schreibtischfach, winkte Hal Willis zu und war draußen, noch ehe Willis seinen Mantel angezogen hatte. Murchison verständigte inzwischen die Mordkommission und das Sonderkommando. Die Leute vom Soko waren schon da, als Wizonski und Willis eintrafen, die äußerlich auf etwas peinliche Weise an Dick und Doof erinnerten. Wizonski war der größte Kriminalbeamte im Bezirk, Willis der kleinste. Er hatte knapp die für den Polizeidienst vorgeschriebene Größe. Die Streifenpolizisten setzten sie ins Bild, dann gingen sie alle miteinander wieder hinauf in den vierten Stock. Die Soko-Leute in ihren kugelsicheren Westen machten die Vorhut. Der unfreundliche Zeitgenosse hinter der verschlossenen Tür begann sofort wieder zu schießen, als er Geräusche in der Wohnung hörte, so daß sie ihre Absicht, die Tür einzutreten, sehr schnell wieder aufgaben. Draußen auf dem Gang hielten sie erst einmal eine Gipfelkonferenz ab.

Die beiden Männer von der zentralen Mordkommission hießen Phelps und Forbes und sahen Monoghan und Monroe, die inzwischen zu Hause ihre Weihnachtsgeschenke auspackten, ziemlich ähnlich. (Die Männer vom 87. Bezirk erfuhren später, daß Monoghans Frau ihm einen vergoldeten Revolver geschenkt hatte. Monroe hatte von seiner Frau einen Videorecorder bekommen, auf dem er heimlich Pornofilme abspielen konnte, die er immer wieder mal in der Stadt beschlagnahmte.) Phelps und Forbes waren grantig, weil sie am ersten Feiertag Dienst hatten. Phelps war noch besonders grantig, weil er etwas gegen Puertoricaner hatte und bei jeder passenden und unpassenden Gelegenheit erklärte, die Verbrechensrate würde sofort absinken, wenn die Burschen nur alle wieder auf ihre miese kleine Insel zurückgehen würden, wo sie hergekommen waren. Und jetzt verdarb ihm eine puertoricanische Familie auch noch den ersten Feiertag.

»Wenn wir uns an die Tür wagen«, sagte Phelps, »durchlöchert der Kerl uns wie ein Sieb.«

»Wie wär's mit dem Fenster?« fragte einer der Soko-Leute.

»In welchem Stockwerk sind wir hier?« fragte der andere.

»Im vierten.«

»Und wie viele Stockwerke hat das Haus?«

»Fünf.«

»Man könnte es mit einem Seil vom Dach aus versuchen. Was meint ihr?«

»Wenn ihr ihn hier innen ein bißchen ablenkt«, sagte sein Kollege, »kann einer von uns durchs Fenster einsteigen.«

»Und wenn ihr uns rufen hört«, ergänzte der andere, »tretet ihr die Tür ein und stürmt das Zimmer. Dann sitzt er in der Falle.«

Der eine Streifenpolizist hatte inzwischen mit einer Nachbarin gesprochen und erfahren, daß die Familie zwei Töchter hatte, die Sechzehnjährige, die sie tot aufgefunden hatten, und ein zehnjähriges Mädchen namens Consuela. Damit kam er zu den Cops, die vor der Wohnungstür noch beim Besprechen ihrer Strategie waren. Im Fall einer Geiselnahme, darüber war man sich schnell einig, war der Batmantrick zu riskant. Die beiden Soko-Leute waren dafür, es trotzdem ohne Einschaltung des Geiseldezernats zu versuchen, was aber am Widerspruch von Phelps und Forbes scheiterte. Sie schickten einen der Streifenpolizisten ans Telefon und ließen die Leute vom Geiseldezernat verständigen. Bisher wußte noch niemand, ob die zehnjährige Consuela sich tatsächlich bei dem unfreundlichen Zeitgenossen hinter der abgeschlossenen Tür befand oder ob sie vielleicht nur im Schnee spazierenging.

Selbst in einem puertoricanischen Viertel wird bei einer Geiselnahme beträchtlicher polizeilicher Aufwand getrieben. Um elf waren zu der ursprünglichen Truppe noch vier Sergeants, ein Lieutenant und ein Captain hinzugekommen. Inzwischen war es draußen vor der Wohnungstür ziemlich eng geworden. Einsatzleiter war der Captain, der seinen Plan ausfeilte, als ginge es um einen Sturm auf den Kreml. Ja, sagte er, es wäre gut, wenn einer der Soko-Leute sich vom Dach herunterlassen würde, während die Geiselspezialisten mit dem Kerl sprachen. Alle, einschließlich des Soko-Mannes auf dem Dach, sollten nach seinem Wunsch kugelsichere Westen tragen. Der Soko-Mann, der sich für den Einsatz zur Verfügung gestellt hatte, protestierte. Die Weste hatte ein ganz schönes Gewicht, und so ein Seiltrick war sowieso kein Zuckerlecken bei diesem Wind. Der Captain bestand auf der Weste. Sie wollten gerade ihre Stellungen einnehmen, als sich die bislang verschlossene Tür öffnete und ein kleiner dünner Mann, der nur mit einer Unterhose bekleidet war, einen leeren 45er Colt Automatic ins Zimmer warf. Dann kam er mit erhobenen Händen näher. Er weinte. Seine zehnjährige Tochter, Consuela, lag hinter ihm auf dem Bett. Er hatte sie mit einem Kissen erstickt. Der Captain war sichtlich enttäuscht, daß sein genialer Plan ins Wasser gefallen war.

Inzwischen waren Meyer Meyer und Bob O'Brien auf dem Weg in eine eher gehobene Gegend. Meyer legte im allgemeinen keinen gesteigerten Wert auf die Zusammenarbeit mit O'Brien. Dabei ließen weder O'Briens Charakter noch sein Mut oder seine Tüchtigkeit etwas zu wünschen übrig. Nur war es leider so, daß er mit tödlicher Sicherheit stets in Situationen geriet, bei denen es sich nicht vermeiden ließ, daß er jemanden erschoß. O'Brien erschoß seine Opfer nicht zum Vergnügen. Im Gegenteil, er setzte alles daran, um seine Dienstwaffe nicht ziehen zu müssen. Aber man hatte den Eindruck, daß er Leute, die es darauf anlegten, erschossen zu werden, anzog wie ein Magnet. Und weil Cops sich ebensowenig danach reißen, eine Kugel verpaßt zu bekommen wie Zivilisten, und weil bei einem gemeinsamen Einsatz mit O'Brien die Luft immer besonders bleihaltig war, versuchten die Cops vom 87. Bezirk sich möglichst vor einer Zusammenarbeit mit ihm zu drücken. O'Brien selbst war der unerschütterlichen Überzeugung, daß sämtliche Waffen der Stadt sich früher oder später auf ihn richten würden, so daß er zur Verteidigung geradezu gezwungen war. Leider erzählte er das auch dem Mädchen, mit dem er verlobt war, woraufhin sie prompt die Verlobung platzen ließ.

Aber heute war immerhin Weihnachten und/oder Chanukka, da konnte, fand Meyer, eigentlich nicht viel passieren. Daß sie dann zu dem Einsatz in Smoke Rise gerufen wurden, bestärkte ihn noch in dieser Meinung. Smoke Rise war das reichste Viertel im Zuständigkeitsbereich des 87. Reviers. Die Häuser waren zwei- bis dreihunderttausend Dollar wert und hatten meist einen herrlichen Blick auf den Fluß. Es handelte sich um einen Einbruch, der erst entdeckt worden war, als der Einbrecher sich bereits bedient und das Weite gesucht hatte. Es bestand also keine Gefahr, daß er auf O'Brien schießen oder dieser das Feuer erwidern würde.

Das beraubte Haus stand im Coronation Drive Ecke Buckingham Way, eine Wohnburg mit Giebeln und Türmchen und bunten Fenstern, die sich am Flußufer erhob wie der Sommerpalast der englischen Königin. Der Besitzer war in einer Zeit vom Schrotthandel reich geworden, als es noch möglich war, große Mengen an Barem zusammenzukratzen, ohne daß man siebzig Prozent davon an Vater Staat abgeben mußte. Seine Frau und die beiden Söhne trugen ihre Sonntagssachen. Um Viertel vor elf hatten sie das Haus verlassen, um bei Bekannten ein paar Häuser weiter Geschenke abzugeben. Als sie um halb eins wiederkamen, war das Haus geplündert. Sie hatten sofort die Polizei verständigt.

»Was hat er alles mitgenommen, Mr. Feinberg?« fragte Meyer.

»Alles«, erklärte der Unglückliche. »Er muß mit einem Lastwagen vorgefahren sein. Die Stereoanlage ist weg und der Fernseher, die Pelze und der Schmuck meiner Frau, sämtliche Fotoapparate aus dem Schrank oben. Gar nicht zu reden von den Geschenken unter dem Baum. Einfach alles hat er eingesackt, der Scheißkerl.«

In der Wohnzimmerecke stand ein riesiger Weihnachtsbaum, der aussah, als wären vier kräftige Männer nötig gewesen, um ihn aufzustellen. Meyer fand es nicht erstaunlich, in einem jüdischen Haus einen Weihnachtsbaum stehen zu sehen. Seit der Geburt seiner Kinder war auch für ihn das Problem einer Anpassung an die christlichen Weihnachtsbräuche seiner Umgebung akut geworden. Als sie neun, acht und sechs waren, war er schließlich weich geworden. Zunächst hatte er nur eine leere Apfelsinenkiste mit Hilfe von Kreppapier zu einem Kamin für den Weihnachtsmann umfunktioniert. Im Jahr darauf hatte er eine kleine Fichte mit Wurzeln angeschleppt und seinen Kindern als Chanukkabusch vorgestellt. Nach Weihnachten hatte er sich aber so schwer damit getan, den Baum im Garten einzupflanzen, daß er im nächsten Jahr einen richtigen Weihnachtsbaum erstanden hatte. Er fühlte sich nicht weniger als Jude, nur weil ein geschmückter Weihnachtsbaum bei ihm in der Wohnung stand. Wie viele Christen, sah er in Weihnachten nicht so sehr ein religiöses als ein Familienfest, eine Gelegenheit für mehr Freundlichkeit, Gemeinsamkeit und Nächstenliebe, und darauf, fand Meyer, kam es schließlich an.

Israel war für Meyer nicht der ersehnte Nationalstaat für alle Juden, sondern ein fremdes Land. Natürlich fand auch er, daß Israel unterstützt werden, daß es weiterbestehen mußte, aber für ihn stand fest, daß er in erster Linie Amerikaner, dann erst Jude und auf gar keinen Fall Israeli war. Er wußte, daß Israel heimatlose Juden aus der ganzen Welt aufgenommen hatte. Aber er vergaß nie, daß Amerika heimatlosen Juden ein neues Leben geboten hatte, als Israel noch nicht einmal ein ferner Traum gewesen war. Natürlich spendete er Geld für Bäume in Israel. Natürlich war er leidenschaftlich gegen die infamen Terroranschläge, die immer wieder diese kleine Nation erschütterten. Natürlich hätte er gern die biblischen Stätten gesehen, die er nur vom Hörensagen kannte, aus der Sederschule, in die er als Junge gegangen war und in der er einer der Besten gewesen war. Er fand es schön, daß Weihnachten und Chanukka in diesem Jahr zusammenfielen. Insgeheim hegte er ohnehin den Verdacht, daß alle religiösen Feiertage vor Jahrhunderten einfach landwirtschaftliche Feste gewesen waren. Daß

Ostern und Passah jedes Jahr so beieinander lagen, konnte kein Zufall sein. Lou Moscowitz, einer seiner Kollegen, sagte, Meyer sei kein richtiger Jude mehr. Aber Meyer Meyer war mit ganzer Seele ein richtiger Jude. Nur war seine Definition von einem richtigen Juden eben etwas anders als die von Moscowitz.

Der Einbrecher hatte bei den Feinbergs wirklich ganze Arbeit geleistet. Sogar die Fahrräder der Jungen aus der Garage hatte er mitgehen lassen und die Briefmarkensammlung des jüngeren Sohnes, was den Kleinen mehr zu treffen schien als der Verlust der neuen Filmkamera, die er zu Weihnachten bekommen hatte. An die Stelle der ursprünglichen Empörung war bei den Feinbergs eine Art Betäubung getreten. Dabei ging es ihnen nicht einmal so sehr um den Wert der gestohlenen Sachen. Ein Fremder war in ihr Haus eingedrungen, und das Schlimmste war, daß er ihnen gewissermaßen die Intimsphäre gestohlen hatte. Sie würden diesen Tag ihr Leben lang nicht vergessen, besonders in Anbetracht dessen, was dann den Kriminalbeamten zehn Minuten, nachdem sie das Haus der Feinbergs verlassen hatten, zustieß.

Wenn es nicht der erste Feiertag gewesen wäre, hätten Meyer und O'Brien nicht weiter auf den Möbelwagen geachtet. Der Wagen stand in einer Seitenstraße, etwa fünfzehn Blocks vom Haus der Feinbergs entfernt, außerhalb der Mauer, die Smoke

Rise gegen seine weniger feine Umgebung abgrenzte. Der linke Hinterreifen war platt. Ein Mann in brauner Lederjacke und blauer Strickmütze war gerade dabei, den Reifen zu wechseln. Neben ihm auf dem nur teilweise vom Schnee geräumten Gehsteig lagen ein Wagenheber und ein schwerer Schraubenschlüssel. Meyer, der am Steuer saß, hielt hinter dem Möbelwagen. Dann stiegen sie beide aus. Ihr Atem stand weiß in der Luft, als sie auf den Mann zugingen, der gerade den Reservereifen anbrachte.

»Können wir helfen?« fragte Meyer.

»Nein, danke, geht schon.« Der Mann mochte Ende Zwanzig sein, ein Weißer mit blasser, fast kalkig wirkender Haut, dunklen Augen und einem schwarzen Schnurrbärtchen.

»Gemeinheit, daß Sie ausgerechnet über Weihnachten arbeiten müssen, was?« sagte O'Brien wie beiläufig.

»Da kann man nichts machen«, knurrte der Mann.

»Ein Möbeltransport am ersten Feiertag, das muß schon was ganz Besonderes sein«, ergänzte Meyer.

»Was geht das euch an?« sagte der Mann. »Ihr seht doch, daß ich 'n Platten habe. Verpißt euch und stört mich nicht bei der Arbeit.«

»Polizei.« O'Brien griff in die Tasche, um seine Dienstmarke hervorzuziehen, aber da hatte der Mann plötzlich eine Pistole in der Hand. Sie waren beide überrascht. Einbrecher sind selten bewaffnet.

Der Mann schoß zweimal, ehe Meyer reagieren

und selbst nach der Waffe greifen konnte. Beide Schüsse trafen Meyer ins Bein. Er stürzte auf den Gehsteig. O'Brien hatte keine Zeit, darüber nachzudenken, daß ihn sein Schicksal schon wieder eingeholt hatte. Er sah nur, daß sein Kollege am Boden lag, sah, wie der Mann seine Waffe jetzt auf ihn richtete. Er drückte ab und traf den Mann in die Schulter. Als er taumelte, schoß O'Brien noch einmal; diesmal traf er ihn in die Brust. Die Waffe noch in der Rechten, kniete sich O'Brien neben dem Verletzten hin, griff mit der Linken nach den Handschellen am Gürtel, rollte ihn ohne Rücksicht auf die stark blutenden Wunden auf den Bauch und fesselte ihm die Hände auf dem Rücken. Ziemlich außer Atem wandte er sich dann Meyer zu.

»Geht's einigermaßen?«

»Tut gemein weh«, sagte Meyer.

O'Brien ging zum Wagen. »Hier acht-sieben-vier, Ecke Holmsby und North. Polizeibeamter angeschossen. Ich brauche einen Krankenwagen.«

»Wer spricht da?« fragte die Zentrale.

»Detective O'Brien.«

Aber die Zentrale hatte wohl mehr der Form halber noch einmal nachgefragt.

Das nächste Krankenhaus war das Mercy General, Ecke North und Platte. Ein Assistenzarzt schlitzte Meyer das linke Hosenbein auf, besah sich die beiden Einschußstellen und ließ sofort den OP vorbereiten. Der Einbrecher, der auf Meyer geschossen hatte, kam – vor dem OP sind alle Menschen gleich – ebenfalls unters Messer, und am ersten Feiertag, mittags um eins, waren beide Operationen gelungen, und beide Unglücksraben lagen im sechsten Stock, selbstredend in getrennten Zimmern. Vor dem Zimmer des Einbrechers saß ein Posten, aber das war der einzige Unterschied.

Der Einbrecher hieß Michael Addison. In dem Möbelwagen, den er sich von einem Parkplatz im Nachbarstaat geholt hatte, fand die Polizei nicht nur die Beute aus dem Feinberg-Einbruch, sondern auch Restbestände anderer Diebeszüge vom gleichen Tag. Er sei schwer verletzt, sagte Addison, und wollte einen Anwalt haben. Er würde O'Brien und die Stadt wegen Körperverletzung belangen. Einen völlig Unschuldigen abzuknallen, der am Straßenrand einen Reifen hatte wechseln wollen... O'Brien beugte sich über sein Bett und riet Addison, vorsorglich nach China auszuwandern für den Fall, daß er seinen Kollegen zum Krüppel geschossen hatte.

Kurz darauf klauten sechs Männer eine ganze Straße.

Die Meldung kam zehn Minuten vor fünf. Inzwischen hatte es die erwarteten Selbstmorde und Selbstmordversuche gegeben, und zwar in höherer Zahl als an früheren Weihnachtsfeiertagen. Inzwischen war auch Lieutenant Byrnes persönlich zu den Meyers gefahren, um Sarah Bescheid zu sagen, die heilfroh war, daß es ihren Mann nur am Bein erwischt hatte. Als sie Byrnes vor der Tür hatte stehen sehen, hatte sie sofort an das Schlimmste gedacht. Byrnes fuhr sie ins Krankenhaus, und sie verbrachte den Nachmittag bei ihrem Mann. Während sie seine Hände hielt und ihm sagte, wie glücklich sie war, daß er noch lebte, bog ein Laster in die Gedney Avenue ein; sechs Männer sprangen heraus und begannen, das Kopfsteinpflaster aufzureißen.

Die Gedney Avenue war eine der wenigen Straßen der Stadt, die noch mit Kopfsteinen gepflastert war. Es hieß, die Steine stammten aus der Zeit, als die Holländer hier die Herren gewesen waren. Andere hielten dagegen, die Holländer hätten einen Pflasterstein nicht von einer Tulpe unterscheiden können, und natürlich seien es, wie ja auch der britische Straßenname andeutete, die Briten gewesen, die für diesen neuen Komfort gesorgt hatten. Die Schneepflüge waren schon zweimal durch die Gedney Avenue gefahren, und die Straße war verhältnismäßig schneefrei. Die Männer machten sich mit Schwung an die Arbeit, was bei städtischen Bediensteten ohnehin auffällig, am ersten Weihnachtsfeiertag aber geradezu verdächtig war. Mit Pickeln und Stemmeisen lösten sie die kostbaren Pflastersteine und stapelten sie in ordentlichen Reihen in ihrem Laster. Die Anwohner steckten neugierig die Köpfe aus dem Fenster, beobachteten die Männer bei der Arbeit und staunten über ihren Eifer. Das

Team brauchte zwei Stunden, um von einer Ecke zur anderen das Pflaster abzuräumen. Nach Beendigung der Arbeit kletterten die sechs wieder in den Lastwagen und fuhren davon. Niemand kam auf die Idee, sich die Zulassungsnummer zu notieren.

Immerhin war einer der Anwohner tief beeindruckt von der Tatsache, daß die Straßenbaubehörde selbst am ersten Weihnachtsfeiertag noch für diese vielgeschmähte Stadt tätig war. Er betätigte das auf Veranlassung des Bürgermeisters eingerichtete Bürgertelefon und bedankte sich überschwenglich. Die Angestellte am anderen Ende der Leitung wurde mißtrauisch, rief die Straßenbaubehörde an, wo sich niemand meldete, und stöberte dann den Leiter der Abteilung zu Hause auf. Nein, sagte er, er habe keine Anweisungen gegeben, in der Gedney Avenue das Pflaster aufzureißen. Sie möge doch bitte gleich die Polizei verständigen.

Als an diesem Abend um fünf die Straßenbeleuchtung angeschaltet wurde und die Schatten länger wurden, standen die Detectives Arthur Brown und Lou Moscowitz an einem Ende der Gedney Street und sahen sich den Boden an, über den vor Jahrhunderten die Indianer in ihren Mokassins geschritten sein mochten, damals, als Kolumbus die Neue Welt entdeckte und die ganze Geschichte angefangen hatte. Die Gedney Street wirkte, ihres Kopfsteinpflasters beraubt, seltsam unberührt, fast ländlich. Brown und Moscowitz grinsten von einem Ohr zum anderen. Einen guten Coup wissen selbst Cops zu schätzen.

Indessen plagte sich Carella daheim mit Gewissensbissen. Nicht weil jemand sich einen Lastwagen voll Pflastersteine unter den Nagel gerissen, sondern weil Meyer zwei Löcher im Bein hatte. Hätte Carella den freien Tag mit ihm getauscht, wäre vielleicht Meyer nicht angeschossen worden. Bei diesem Gedanken legten sich seine Gewissensbisse etwas, denn er – besten Dank! – war schon oft genug angeschossen worden, einmal auch kurz vor Weihnachten. Aber Carella war italienischer Abstammung, und das empfindliche Gewissen ist Italienern und Juden ebenso gemeinsam wie das Matriarchat.

Also setzte er sich in die Untergrundbahn und erschien abends um acht im Mercy Hospital, um Meyer zu sagen, daß er ein entsetzlich schlechtes Gewissen hatte, weil nicht ihn die Kugeln erwischt hatten. Aber auch Meyer hatte ein schlechtes Gewissen. Hätte er sich nicht dämlicherweise anschießen lassen, so argumentierte er, hätte Bob O'Brien nicht wieder einmal ganz gegen seinen Willen seine Pistole ziehen und abdrücken müssen. Was wiederum O'Briens Gewissen belasten würde. Allerdings war O'Brien Ire und in dieser Hinsicht weniger anfällig.

Carella hatte eine halbe Flasche Whisky mitgebracht, die er jetzt aus der Manteltasche holte. Er goß großzügige Portionen in zwei sterile Krankenhausbecher, und sie tranken auf die Tatsache, daß

Meyer zwar zur Ader gelassen, aber noch am Leben war. Carella schenkte nach, und dann tranken sie auf den nächsten Tag, der am Horizont heraufzog.

7

Der Raum der neuerdings für Gegenüberstellungen verwendet wurde, lag im Untergeschoß des Reviers neben den Haftzellen, in denen mutmaßliche Straftäter vorübergehend untergebracht wurden, ehe sie dem Richter vorgeführt werden konnten. Von dort bezogen die Cops vom 87. Bezirk auch die Statisten, die – sofern sie oder ihre Anwälte nicht Einspruch erhoben – zusammen mit dem Verdächtigen einem Opfer oder einem Zeugen vorgeführt wurden.

Über der schmalen Bühne hing ein Mikrophon, an der Wand waren Höhenmarkierungen angebracht. Ein hoher Einwegspiegel trennte die Bühne von den drei Zuschauerreihen.

Wer auf der Bühne stand, sah in diesem Spiegel nur sein eigenes Bild, während die Zuschauer auf der anderen Seite die Männer oder Frauen, die sich dort aufgestellt hatten, ungehindert beobachten konnten wie durch normales Fensterglas.

Bei der Gegenüberstellung an diesem Dienstag, dem 26. Dezember, sollte Jerry Mandel veranlaßt werden, Daniel Corbett zweifelsfrei zu identifizieren. Carella hatte Mandel angerufen, befriedigt zur

Kenntnis genommen, daß der Skichampion sich bei seinen Schußfahrten keine Knochen gebrochen hatte, und eine Zeit für die Gegenüberstellung mit ihm ausgemacht. Dann hatte er Corbett angerufen und ihn gefragt, ob er bereit sei, in dieser Angelegenheit mit der Polizei zusammenzuarbeiten. Er habe nichts zu verbergen, hatte Corbett gesagt, er sei nicht der Mann gewesen, der sich in der Nacht, als Craig ermordet worden war, unter diesem Namen in Harborview angemeldet hatte.

Aus den Haftzellen hatten die Detectives ein halbes Dutzend Männer geholt, die Corbett mehr oder weniger ähnlich sahen. Zumindest hatten sie alle schwarzes Haar und braune Augen. Dazu kamen noch die Detectives Richard Genero und Jarry Barker, ebenfalls schwarzhaarig und braunäugig. Die Häftlinge präsentierten sich in Pullis, Anoraks, Windjacken, ein Taschendieb trug einen schicken Nadelstreifenanzug, und Genero und Barker trugen Sportsakkos. Daniel Corbett, der direkt aus dem Verlag kam, hatte einen dunkelblauen Anzug mit lichtblauem Hemd an und trug dazu eine gold-blaue seidene Krawatte. Als Ehrengast durfte er sich seinen Platz aussuchen und stellte sich als vierter von links auf. Als die Männer vor dem Spiegel ausgerichtet waren, wurden die Scheinwerfer eingeschaltet. Der Zuschauerraum blieb dunkel. Carella und Hawes saßen rechts und links von Mandel in der Mitte der zweiten Reihe.

»Erkennen Sie jemanden?« fragte Carella.

»Nein, noch nicht.« Mandel sah gar nicht aus wie ein großes Ski-As. Er war ein untersetzter Mann, der Mitte Fünfzig sein mochte. Vor Beginn der Gegenüberstellung hatte er Carella erzählt, daß er früher Profiringer gewesen war. Carella konnte sich beim besten Willen nicht vorstellen, daß er seinen Gegner mit einem Hammergriff bezwingen konnte. Mandel besah sich die Männer hinter der Scheibe aufmerksam.

»Kann ich die ausscheiden, die's bestimmt nicht waren?« fragte er.

»Ja, gern.«

»Also, die rechts und links und der in der Mitte, die waren's ganz bestimmt nicht.«

»Bring Nummer eins, fünf und neun weg, Frank«, sagte Carella ins Mikrophon. Genero hatte ganz außen gestanden. Als er von der Bühne ging, wirkte er richtig enttäuscht, daß die Wahl nicht auf ihn gefallen war. Die anderen beiden waren Männer aus den Haftzellen. Mandel schied noch zwei Gefangene und Detective Barker aus. Jetzt standen nur noch die beiden letzten Gefangenen und Daniel Corbett auf der Bühne.

»Vielleicht könnten die drei was sagen?« flüsterte Mandel.

»Aber sicher.« Carella griff wieder zum Mikrophon. »Meine Herren, würden Sie bitte mit ganz normaler Stimme sagen: ›Ich bin Daniel Corbett und möchte zu Mr. Craig.‹ Bitte, fangen Sie an, Nummer vier.«

Nummer vier war Daniel Corbett. Er räusperte sich. »Ich bin Daniel Corbett und möchte zu Mr. Craig.«

»Nummer sechs, bitte«, sagte Carella.

»Ich bin Daniel Corbett und möchte zu Mr. Craig«, sagte Nummer sechs.

»Und noch Nummer acht.«

Das Sprüchlein wurde brav von Nummer acht wiederholt.

»Na, wie steht's?« fragte Carella.

»Ja, also ich weiß nicht so recht...« Mandel zögerte. »Ich glaube, es ist Nummer acht.«

Nummer acht war ein gewisser Anthony Ruggiero, der am gleichen Morgen verhaftet worden war, weil er versucht hatte, in der Grover Avenue eine Wohnungstür aufzubrechen. Er war betrunken und behauptete, es handle sich um seine eigene Wohnung, und die Frau, die ihm immer wieder sagte, er solle sich zum Teufel scheren, sei seine eigene Frau. Carella warf Hawes einen kurzen, grämlichen Blick zu und bedankte sich bei Mandel. Dann ging er hinter die Bühne und entschuldigte sich bei Corbett für die Unannehmlichkeiten, die er ihm bereitet hatte.

»Wer war es dann?« fragte Carella, als er mit Hawes allein war.

»Sicher ist nur, daß Craig ihn gekannt hat.«

»Ja, sonst hätte er ihn nicht in die Wohnung gelassen. Aber wieso hat er mit ihm getrunken?«

»Richtig, der Obduktionsbefund...«

»Genau. Er war nicht nur leicht, sondern erheblich angesäuselt. Aber die Spurensicherung hat keine Alkoholspuren in den Gläsern gefunden.«

»Also wurden sie hinterher abgewaschen.«

»Wenn Craig allein getrunken hätte, wäre das nicht weiter von Belang. Aber nach Hillarys Aussage hat er bei der Arbeit nie getrunken. Und daß er an diesem Nachmittag gearbeitet hat, wissen wir, denn auf dem Blatt in der Maschine stand ein Text, der mitten im Satz abbrach. Er ist also – vermutlich durch das Klingeln des Mörders – unterbrochen worden. Aber er hat ihn eingelassen, Cotton. Er wußte, daß es nicht Corbett war, aber eingelassen hat er ihn trotzdem. Und wenn er bei der Arbeit nie trank, muß er mit dem Trinken danach angefangen haben. Mit anderen Worten: Er hat sich hingesetzt und mit seinem Mörder einen zur Brust genommen.«

Die beiden Kriminalbeamten sahen sich an.

»Was hältst du von der Sache?« fragte Hawes.

»Ich weiß überhaupt nicht mehr, was ich davon halten soll. Folgendes ist natürlich möglich: Craig denkt, der Mann ist ein harmloser Besucher, bietet ihm einen Sessel an, schenkt ihm einen Whisky ein und schwupp, hat sein Gast ein Messer in der Hand.«

»Daß er das Messer mitgebracht hat, macht mich ausgesprochen stutzig«, sagte Hawes.

»Womit das Verbrechen zu einem vorsätzlichen Mord wird, ganz klar. Warum aber hat er dann erst einen Whisky mit seinem Opfer gekippt?«

»Und worüber haben sie von fünf bis zu dem Zeitpunkt des Mordes gesprochen?«

Die beiden sahen sich wieder an.

»Esposito?« fragte Hawes.

»Möglich wäre es. Er wohnte im Haus. Er könnte sich als Mitglied eines Mieterausschusses oder dergleichen Einlaß verschafft haben und...«

»Aber wer hat sich denn unten in der Halle als Corbett ausgegeben?« unterbrach ihn Carella. »Das kann nicht Esposito gewesen sein.«

»Da hast du auch wieder recht. Ach was, fahren wir erst mal zur Feuerwache.«

Eine halbe Stunde später sprachen sie dort mit Terry Brogan, dem als Barkeeper jobbenden Feuerwehrmann. Brogan nickte, als sie ihm das Foto von Esposito zeigten. »Ja, den kenne ich.«

»War er Donnerstag abend bei *Elmer*?« fragte Carella.

»Was war Donnerstag? Der zweiundzwanzigste?«

»Der einundzwanzigste.«

»Ja, richtig, da war ich dort.«

»Und war auch Esposito da?«

»Heißt er so?«

»Warren Esposito, ja. Ist er...«

»Da bedient man einen Gast monatelang und

weiß gar nicht, wie er heißt.« Brogan schüttelte verwundert den Kopf.

»War er am Donnerstag abend da?«

»Donnerstag abend, Donnerstag abend«, überlegte Brogan laut. »Warten Sie mal, was war denn am Donnerstag abend? Richtig, ich glaube, das war der Abend, an dem die Rothaarige sich die Bluse ausgezogen hat.«

»Um welche Zeit war das?«

»Muß so gegen sechs gewesen sein«, sagte Brogan. »Sie war schon leicht angesäuselt, als sie kam, und hat in einer Stunde noch drei Drinks gekippt. Ja, muß so gegen sechs gewesen sein. Einer von den Jungs an der Theke hat gemeint, sie hat wohl einen Gummibusen, bei dem Umfang. Und da hat sie die Bluse ausgezogen, um ihm das Gegenteil zu beweisen.«

»War Esposito da?« wiederholte Carella geduldig.

»Kann sein. Bei all der Aufregung... Wir haben doch alle bloß der Rothaarigen auf den Vorbau geguckt.«

»Wann sind Sie am Donnerstag zum Dienst gekommen?« Hawes versuchte es mit einem Angriff von der Flanke.

»Um halb fünf.«

»Esposito behauptet, er sei um halb sechs dagewesen.«

»Schon möglich.«

»Wann kam die Rothaarige?«

»Eine Stunde, ehe sie die Bluse auszog.«

»Also gegen fünf, ja?«

»Ja, so gegen fünf.«

»Und Sie waren zu der Zeit allein in der Bar. Zwischen fünf und sechs gab es keine Aufregungen, keine Ablenkungen, stimmt's? Versuchen Sie doch mal sich zu erinnern, ob um halb sechs Warren Esposito kam«, bat Carella. »Schauen Sie sich das Foto noch einmal an.«

Brogan betrachtete das Bild. Carella ertappte sich bei der Überlegung, wie so ein Mann sich bei Feueralarm verhalten würde. Was passierte, wenn er sich mit der Axt einen Weg in ein lichterloh brennendes Schlafzimmer bahnte und dort eine barbusige Schöne mit rotem Haar vorfand? Würde er den eigenen Namen vergessen? Würde er aus dem sechsten Stock ohne Netz in die Tiefe springen? Würde er einen Schlauch auf ein offenes Fenster richten?

»Jetzt hab' ich's«, sagte Brogan. »Das ist der, der immer Rob Roy trinkt. Der Rothaarigen hab' ich einen Manhattan gegeben und dem alten Knacker hinten an der Theke einen Gin on the Rocks, und dann kam er und hat einen Rob Roy bestellt.«

»Esposito?«

»Ja, der Typ auf dem Bild hier.«

»Um welche Zeit?«

»Also wenn die Rothaarige um fünf gekommen ist – ja, dann muß es so halb sechs gewesen sein, genau wie er sagt.«

»Und wann ist er wieder gegangen?« wollte Carella wissen.

»Schwer zu sagen. Weil ja dann die Rothaarige ihre Schau abgezogen hat.«

»War er dabei, als die Rothaarige die Bluse ausgezogen hat?«

»Doch, ich glaube schon. Lassen Sie mich 'ne Minute überlegen.«

Carella sah förmlich, wie er versuchte, sich den aufregenden Vorfall wieder ins Gedächtnis zurückzurufen. In seiner ganzen Laufbahn als Polizeibeamter hatte er noch nicht erlebt, daß für ein Alibi der Busen einer Rothaarigen von entscheidender Bedeutung gewesen wäre. Aber die Rothaarige war um fünf gekommen und hatte um sechs ihre Bluse ausgezogen, und daß Esposito etwa um halb sechs dagewesen war, schien inzwischen ebenfalls festzustehen. Carella zog nicht gern Zähne, sonst hätte er gleich Zahnarzt werden können, aber bei Brogan mußten sie sich wohl vom Bikuspident über die Molaren bis zu den Eckzähnen vorarbeiten, bis sie das hatten, worauf sie aus waren.

Brogan begann die Gäste an der Theke am Zeigefinger der linken Hand abzuzählen. »Ganz hinten Abner, an der Jukebox, Scotch und Soda. Die Sekretärin von Halston neben ihm, Wodka Tonic. Dann Ihr Typ von dem Foto, Rob Roy. Daneben einer, den ich noch nie gesehen hatte, Bourbon und Wasser. Dann die Rothaarige, Manhattans. Und daneben der Typ, der das von ihren Titten gesagt hat, den kannte ich auch nicht, Canadian und Soda. Das waren alle, als sie die Bluse auszog. Das war so gegen sechs. Und demnach war Ihr Mann um sechs noch da.«

»Woher wissen Sie, daß es sechs war?« fragte Hawes.

»Die Nachrichten fingen gerade an. Im Fernsehen. Wir haben einen Apparat über der Theke stehen. Damit hatte die ganze Geschichte überhaupt angefangen.«

»Wie sollen wir das verstehen?«

»Da ist doch immer diese Mieze, die die Sechs-Uhr-Nachrichten liest, wie heißt sie doch gleich... Ich vergeß den Namen immer wieder.«

»Keine Ahnung«, sagte Hawes.

»Aber Sie wissen schon, wen ich meine, nicht? Sie und dieser Sprecher, die lesen die Sechs-Uhr-Nachrichten zusammen.«

»Und was war nun mit der Mieze?« fragte Hawes.

»Jemand hat gesagt, daß sie ganz schön bestückt ist, diese Fernsehmieze, und dann hat die Rothaarige gesagt, wenn das man kein Gummibusen ist, und da sagt der Typ neben ihr, ob sie man nicht selber 'n Gummibusen hat – na, und da hat sie die Bluse ausgezogen, um es ihnen zu zeigen.« Brogan grinste. »Also 'n Gummibusen war das nicht, da geb' ich Ihnen Brief und Siegel drauf.«

»Esposito war also um sechs da, als die Nachrichten anfingen und die Bluse fiel«, faßte Carella zusammen.

»Genau.«

»War er um halb sieben auch noch da?«

»Halb sieben, halb sieben«, überlegte Brogan. »Lassen Sie mich 'ne Minute nachdenken.«

Carella sah Hawes an. Hawes atmete geräuschvoll durch die Nase.

»Zehn nach sechs ist der Boss gekommen«, sagte Brogan. »Er sieht die Rothaarige barbusig an der Theke sitzen und sagt: ›Was, zum Teufel, geht hier vor?‹ Er hat sie wohl für 'ne Nutte gehalten. Und dann sagt er, sie soll machen, daß sie rauskommt, er will nicht, daß die vom horizontalen Gewerbe bei ihm rumhängen und ihm die Cops auf den Hals hetzen. Aber ganz unter uns, er macht schon mal 'n paar Dollar nebenbei, mit Glücksspielen und so, klar, daß er da nicht scharf auf die Bullen ist. Ich sag' das auch nur, weil wir drei ja gewissermaßen Kollegen sind, verstehen Sie, ich will dem Mann keinen Ärger machen.«

»Schön, der Boss kam also zehn nach sechs«, sagte Hawes. »War da Esposito noch in der Bar?«

»Ja, er hat sogar kräftig mitgemischt.«

»Wobei hat er mitgemischt?«

»Als alle den Boss bekniet haben, daß er die Rothaarige in Ruhe lassen soll.«

»Und dann?«

»Dann hat der Boss gesagt, sie soll die Bluse wieder anziehen und sich verdrücken, sonst holt er die Polizei. Natürlich wollte er in Wirklichkeit gar nicht die Polizei holen, denn dann hätte er ja selber mächtigen Ärger gekriegt, das war nur so als Drohung gemeint, verstehen Sie?«

»Und hat sie dann die Bluse wieder angezogen?« fragte Carella.

»Ja.«

»Um zehn nach sechs?«

»Um viertel nach sechs.«

»Und dann?«

»Dann ist sie gegangen. Nein, warten Sie mal. Erst hat sie den Boss noch einen miesen Scheißer genannt. Und dann ist sie gegangen.«

»Um Viertel nach sechs?«

»Genau. Um Viertel nach sechs.«

»War Esposito noch da, als sie ging?«

»Ja, da war er noch da.«

»Woher wissen Sie das?«

»Er hat noch einen Rob Roy bestellt und hat gesagt, daß das die größten Titten sind, die er je gesehen hat.«

»Gut, das war also um Viertel nach sechs«, sagte Carella. »War er um halb sieben noch da?«

»Um halb sieben hab' ich ihm die Rechnung gegeben.«

»Woher wissen Sie, daß es halb sieben war?«

»Weil da die Nachrichten zu Ende waren.«

»Ist er gegangen, nachdem Sie ihm die Rechnung gegeben hatten?«

»Erst hat er noch gezahlt.«

»Aber dann ist er gegangen?« wiederholte Hawes.

»Ja, dann ist er gegangen.« Brogan nickte.

»Um halb sieben?«

»Muß 'n paar Minuten nach halb sieben gewesen sein.«

»Woher wissen Sie, daß es Esposito war, der gegangen ist?«

»Er hat mir fünf Dollar Trinkgeld gegeben. War 'ne dufte Schau, hat er gesagt.«

»Warum ist Ihnen das nicht gleich eingefallen, als wir Sie danach gefragt haben?« wollte Hawes wissen.

»Weil alles im Leben einen Anfang , eine Mitte und ein Ende hat«, sagte Brogan und zuckte philosophisch die Schultern.

Damit hatten sie endlich eine Bestätigung für Warren Espositos Alibi. Als seine Frau auf dem Gehsteig vor ihrem Haus erstochen wurde, hatte er bei *Elmer* gesessen, getrunken und einen improvisierten Striptease genossen.

Sie standen wieder am Anfang, und Mitte und Ende waren nicht in Sicht.

Am gleichen Abend um sechs wurde Wagen Boy Seven vom 12. Bezirk in die Llewlyn Mews 1134 beordert. In der Meldung war von »Geschrei und Gebrüll« in einer Wohnung die Rede gewesen.

Die beiden Beamten stiegen aus dem Funkwagen

und balancierten über den vereisten Gehsteig zu einem schmiedeeisernen Gitter, das einen kleinen Hof umschloß. Sie öffneten das Tor und gingen an einer kleinen Fichtenhecke vorbei zu der orangeroten Haustür. Einer der Streifenpolizisten setzte den schweren Messingklopfer in Bewegung. Er klopfte viermal, dann drehte er den Türknauf. Die Tür war abgeschlossen. Aus dem Haus drang kein Laut. Zunächst tippten sie auf einen falschen Alarm. Aber als gewissenhafte Beamte gingen sie durch den verschneiten Garten um das Haus herum und klopften an der Hintertür. Als sich auch hier nichts rührte, sahen sie durch ein Fenster in die Küche, klopften wieder und betätigten den Türknauf. Die Hintertür war offen.

Einer der Polizisten steckte den Kopf in die Küche. »Polizei. Ist da jemand?«

Keine Antwort.

Er sah seinen Kollegen an. Der zuckte die Achseln. Sie traten ein. Ob sie juristisch überhaupt das Recht hatten, das Haus zu betreten, wußten sie nicht. Andererseits hatten sie die Anweisung, jeder Meldung gewissenhaft nachzugehen. Notfalls konnten sie immer noch sagen, sie hätten nach der Entdeckung der offenstehenden Hintertür an einen Einbruch gedacht.

In der holzgetäfelten Bibliothek lag ein Toter, der eine rote Hausjacke mit schwarzem Samtkragen trug.

Detective Kurt Heidiger vom 12. Bezirk kam allein zum Tatort, weil sein Partner mit Grippe im Bett lag und weil es auf dem Revier heute wie im Tollhaus zuging und sie deshalb keinen Ersatz für ihn stellen konnten. Mit einem Blick stellte er fest, daß das Opfer durch mehrfache Stich- und Schnittverletzungen getötet worden war. Von der Nachbarin, die über Notruf die Polizei verständigt hatte, erfuhr er, daß es sich bei dem Toten um einen gewissen Daniel Corbett handelte, Lektor im Harlow-House-Verlag.

Heidiger war nicht nur ein guter, sondern auch ein belesener Cop. Falls die Zeitungen der Stadt nicht gerade bestreikt wurden, las er sie täglich alle drei von vorn bis hinten. Er erinnerte sich, daß die Presse am Freitag über den Tod eines gewissen Gregory Craig berichtet hatte, dessen Bestseller *Tödliche Schatten* er ebenfalls gelesen hatte, und sah deutlich den schwarz umrandeten Nachruf vor sich, den sein Verlag, Harlow-House, in die Zeitungen hatte setzen lassen. Und er erinnerte sich daran, daß Craig brutal erstochen worden war. Auch wenn es hier keinen Zusammenhang geben sollte – Heidiger war erfahren genug, um auch scheinbar unbedeutende Möglichkeiten nicht außer acht zu lassen. Als er am Tatort die übliche Maschinerie – Polizeiarzt, Spurensicherung, Mordkommission – in Gang gesetzt hatte, fuhr er zurück ins Revier und ließ sich von der Zentrale den Namen des Beamten geben, der im Fall Craig ermittelte. Er rief im 87. Bezirk an und erfuhr, daß Carella nach Hause gefahren war. Um Viertel nach acht erreichte er ihn zu Hause, und sie verabredeten, sich in einer Stunde am Tatort zu treffen.

Es sah ganz danach aus, als ob sie jetzt einen zweiten Begleitfall zur Mordsache Craig hatten.

Jennifer Groat war eine große, knochige Blondine von Ende vierzig mit einer windschiefen Hochfrisur. Sie trug einen langen blauen Bademantel, der mit etwas Gelbem – Mayonnaise oder Pudding – beklekkert war. Sie habe sich gerade ein bißchen hinlegen wollen, sagte sie. Erst die anstrengenden Feiertage und jetzt diese Sache, man kam überhaupt nicht mehr zur Ruhe. Offenbar tat es ihr schon wieder leid, daß sie überhaupt die Polizei gerufen hatte. In dieser Stadt fuhr man am besten, wenn man seine Nase nicht in anderer Leute Angelegenheiten steckte.

»In Ihrer Meldung«, begann Heidiger, »haben Sie gesagt, Sie hätten im Haus von Corbett Geschrei und Gebrüll gehört.«

Jennifer nickte.

»Nach unseren Aufzeichnungen kam der Anruf um 17.53 Uhr, könnte das stimmen?«

»Ja, es war kurz vor sechs.«

»Was war das für ein Geschrei und Gebrüll?«

»Jemand hat geschrien wie am Spieß.«

»Und das Gebrüll?«

»Was er gebrüllt hat, habe ich nicht verstanden.«

»War es vielleicht ein Hilfeschrei?«

»Das weiß ich nicht.«

»Kam das Geschrei und das Gebrüll von ein und derselben Person?«

»Das weiß ich auch nicht. Ich hab' den Lärm da drüben gehört, und da hab' ich eben die Polizei angerufen. Laut ist es da eigentlich immer, aber diesmal war es besonders schlimm.«

»Laut ist es dort immer, sagen Sie«, hakte Carella ein. »Was für ein Lärm ist denn das?«

»Ach, ständig steigt da irgendeine Party, es wird getrunken und gelacht, bis spät in die Nacht. Na ja, bei den Freunden, die Mr. Corbett hatte...«

»Was für Freunde hatte er denn?« erkundigte sich Heidiger.

»Na, hören Sie mal... Können Sie sich das nicht denken?«

»Bedaure, das müssen Sie uns schon etwas näher erklären.«

»Schwule waren das«, sagte sie. »Homos. Linksgewebte.«

»Und die haben dort ständig Partys gefeiert?«

»Na ja, ständig ist vielleicht zuviel gesagt, aber oft genug. Ich bin Telefonistin, ich habe die Nachtschicht, und ehe ich abends zum Dienst gehe, versuche ich immer noch ein bißchen zu schlafen. Aber bei dem Lärm da drüben ist das nicht drin. Und jetzt wollte ich mich auch gerade hinlegen. Irgendwas kommt immer dazwischen.«

»Woher wissen Sie, daß die Freunde von Mr. Corbett Homosexuelle sind?« fragte Carella. Er dachte an Corbetts Alibi, die verheiratete Priscilla Lambeth, die es mit ihm auf der Couch im Büro getrieben hatte.

»Einer hat neulich bei mir vor der Tür gestanden«, sagte sie. »Ob bei mir die große Fete steigt, hat er wissen wollen.« Sie sprach mit hoher, gezierter Stimme und wiegte sich in den Hüften. »Er wußte nicht, daß Mr. Corbett gegenüber wohnt.«

»Hat er seinen Namen genannt?« fragte Heidiger.

»Nein, wozu denn? Er hat nach Danny gefragt, und da habe ich ihm gesagt, daß ich die Hausnummer 1136 habe, und er wohl die Nummer 1134 sucht. Er hat sich sehr bedankt und ist über den Hof stolziert.«

»Wann war das?«

»Am Heiligabend. Da hat Mr. Corbett eine große Fete gegeben. Ich hatte am Heiligabend Dienst und wollte mich noch etwas ausruhen. Prompt holt mich dieser Homo raus und fragt nach Danny.«

»Haben Sie heute abend jemanden über den Hof gehen sehen?« fragte Carella.

»Nein, ich saß in der Badewanne, als es mit dem Geschrei losging. Ich bade nämlich gern vor dem Abendessen; nach dem Essen lege ich mich hin, dann ziehe ich mich an und gehe zum Dienst.«

»Haben Sie, nachdem Sie die Schreie gehört hatten, jemanden auf dem Hof gesehen?«

»Nein, ich saß doch in der Badewanne.«

»Sie haben also nicht gleich die Polizei gerufen?«

»Nein, erst als ich mit dem Baden fertig war. Da drüben geht's ja immer hoch her. Wenn ich bei jedem Lärm die Polizei rufen würde, käme ich zu nichts anderem mehr.«

»Um welche Zeit haben Sie das Geschrei gehört?«

»In der Badewanne trage ich keine Uhr.«

»Wie lange sind Sie, nachdem Sie die Schreie gehört hatten, noch im Bad geblieben?«

»Noch eine Viertelstunde, würde ich sagen.«

»Ihr Anruf kam um 17.53 Uhr«, sagte Heidiger. Er rechnete. »Sie haben also die Schreie etwa zwanzig Minuten vor sechs gehört.«

»Ja, das könnte hinkommen.«

»Haben Sie vielleicht später jemanden um Corbetts Haus herumstreichen sehen?« fragte Carella.

»Darum hab' ich mich nicht gekümmert. Ich hab' mich ans Telefon gehängt und hab' die Polizei angerufen, weil ich mir gedacht habe, daß sonst der Lärm die ganze Nacht so weitergeht. Ich wollte mich ja schließlich noch hinlegen.«

»Wurde drüben noch geschrien, als Sie zum Telefon gingen?«

»Nein, inzwischen war es wieder still geworden.«

»Aber die Polizei haben Sie trotzdem angerufen.«

»Es hätte ja jeden Augenblick wieder losgehen können. Bei diesen Leuten kann man das nie wissen.«

»Hm«, sagte Carella. »Vielen Dank, Miss Groat. Tut mir leid, daß wir Sie aufgehalten haben.«

Draußen auf der Straße zündete Heidiger sich eine Zigarette an, reichte die Packung mit einiger Verspätung auch Carella, der dankend ablehnte, und fragte: »Kennen Sie diesen Corbett eigentlich?«

»Ich habe am Samstag mit ihm gesprochen«, gab Carella zurück.

»Hatten Sie den Eindruck, daß er schwul war?«

»Nein, er erschien mir ausgesprochen normal.«

»Tja, heutzutage sieht man das den Leuten nicht so ohne weiteres an. Und Craig?«

»Der lebte mit einer bildhübschen Zweiundzwanzigjährigen zusammen.«

»Hm. Meinen Sie, daß da eine Verbindung besteht?« erkundigte sich Heidiger.

»Wenn ich das wüßte...«

»In beiden Fällen war die Tatwaffe ein Messer.«

»Das ist richtig.«

»Wenn die blonde Schreckschraube da drüben recht hat, könnte es sich um ein Eifersuchtsdrama gehandelt haben.«

»Vielleicht. Aber wir haben nur ihr Wort dafür, daß Corbett homosexuell war. Wie würden Sie ihre Zuverlässigkeit als Zeugin einschätzen?«

»Also – Häuser würde ich auf ihre Aussage nicht gerade bauen«, meinte Heidiger. »Trinken wir ein Bier? Ich bin zwar noch im Dienst, aber so genau braucht man es vielleicht nicht immer zu nehmen...«

»Schönen Dank, aber ich muß weiter.«

»Sagen Sie mir Bescheid, wenn Sie etwas herausbekommen.« Sie schüttelten sich die Hand, und Heidiger ging davon. In der Telefonzelle an der Ecke fand Carella zwar nicht die Nummer von Priscilla Lambeth, dafür waren unter dem Namen Dr. Howard gleich zwei Nummern angegeben, der Praxis- und der Privatanschluß. Die Privatnummer lautete Higley 7-8021. Nach Carellas Erinnerung war das die Nummer, die er am Samstag von Corbetts Wohnung aus gewählt hatte. Er rief dort an. Die Frauenstimme, die sich meldete, kam ihm bekannt vor.

»Mrs. Lambeth?« fragte Carella.

»Ja?«

»Hier Detective Carella. Wir haben am letzten Samstag miteinander gesprochen, vielleicht erinnern...«

»Ich habe Ihnen doch gesagt, Sie sollen mich nicht zu Hause anrufen«, fuhr sie dazwischen.

»Daniel Corbett ist ermordet worden«, sagte Carella knapp. »Ich muß Sie sprechen. Dazu kann ich zu Ihnen kommen, wir können uns aber auch irgendwo treffen.«

Es blieb lange still in der Leitung.

»Mrs. Lambeth?«

Das Schweigen dehnte sich.

»Wie haben Sie sich entschieden?« fragte Carella.

»Warten Sie mal. Ja, also... In einer Stunde gehe ich mit dem Hund auf die Straße. Erwarten Sie mich

Ecke Jefferson und Juniper um – Moment, wie spät haben wir es jetzt?«

»Gleich zehn.«

»Dann sagen wir um halb elf. Es ist ein brauner Jagdhund.«

Priscilla Lambeth war – sehr passend für das Image einer Kinderbuchlektorin – eine zierliche Brünette mit einem Elfengesicht und großen, unschuldigen Augen. Sie wurde von einem großen, kräftigen Hund an der Leine geführt, der sie freundlich, aber unerbittlich von einem Laternenpfahl zum anderen zog. Carella blieb nichts anderes übrig, als sich dem Dauerlauf der beiden anzuschließen.

Priscilla trug einen dunkelblauen Skiparka über Jeans und Stiefeln und keinen Hut. Der Wind hatte ihr kurzes Haar verweht, es sah aus, als ob es zu Berge stand, was auch im übertragenen Sinn durchaus seine Richtigkeit haben mochte. Was er ihr am Telefon gesagt hatte, habe sie sehr erschüttert, sagte sie. Danny ermordet? Unglaublich. Wer könnte denn so etwas getan haben? Danny war doch ein so lieber, guter Mensch gewesen.

Die Jefferson Avenue war um diese Zeit menschenleer, die Geschäfte hatten ihre Rolläden heruntergelassen, ein eisiger Wind wehte den am Straßenrand zu Haufen getürmten Schnee über das Pflaster. Carella hatte die Hände in die Taschen gesteckt, den Mantelkragen hochgeschlagen und die Schultern vorgeschoben. Der Hund rannte vor ihnen her wie der Leithund einer Schlittenbesatzung, Priscilla und damit notgedrungen auch Carella, im Schlepptau.

»Daniel Corbett hat uns erzählt, daß er mit Ihnen geschlafen hat, Mrs. Lambeth«, sagte Carella. »Was ich jetzt gern wissen möchte...«

»Müssen Sie das so – so brutal sagen?« fragte Priscilla mit ihrem dünnen Stimmchen. Es war die Stimme eines achtjährigen Mädchens in dem Körper einer gutentwickelten Dreizehnjährigen. Was mochten das für Bücher sein, die sie lektorierte? Bilderbücher? Hatte vielleicht seine Tochter April schon Bücher gelesen, die über Priscilla Lambeths Tisch gegangen waren? Der Hund machte am nächsten Laternenpfahl halt, beroch ihn kennerisch und hob das Hinterbein.

»Aber es stimmt, nicht wahr?«

»Natürlich stimmt es, aber so, wie Sie es sagen, hört es sich an...«

Der Hund wollte weiter. In seinem unaufhaltsamen Vorwärtsdrang riß er Mrs. Lambeth beinah den Arm ab. Sie hielt tapfer die Leine fest und rannte atemlos hinter dem Hund her. Carella kam kaum mit. Sein Gesicht war rot von dem scharfen Wind, und seine Nase lief. Er holte ein Taschentuch aus der Manteltasche. Hoffentlich kriege ich jetzt nicht auch noch eine Erkältung, dachte er und schnaubte sich die Nase.

»Mrs. Lambeth«, japste er, »es interessiert mich nicht besonders, was Sie und Daniel Corbett miteinander getrieben haben. Aber heute nacht ist er ermordet worden, und eine Nachbarin deutete an – Hören Sie, würden Sie mir einen Gefallen tun? Binden Sie den Hund an einen Laternenpfahl, damit wir uns wenigstens eine Minute vernünftig miteinander unterhalten können.«

»Er hat sein Geschäft noch nicht gemacht«, wandte sie ein.

Carella sah sie an.

»Na gut, meinetwegen.«

Sie streifte die Handschuhe ab, klemmte sie unter den Arm und band die Leine um den Pfahl eines Parkverbotzeichens. Sofort begann der Hund jammervoll zu heulen. Carella führte Mrs. Lambeth in den geschützten Eingang eines Herrenbekleidungsgeschäftes, wartete, bis sie die Handschuhe wieder angezogen hatte, und fragte dann: »War Daniel Corbett homosexuell?«

Sichtlich verblüfft riß sie die Augen auf. Grüne Augen, stellte Carella fest. Sie sah ihn an, als habe sie den leisen Verdacht, daß er sich einen schlechten Scherz mit ihr erlaubte.

»Ja oder nein?« fragte Carella.

»Ich hatte nicht den Eindruck«, sagte sie, wieder mit dieser dünnen Stimme, die fast ein Flüstern war.

»Mrs. Lambeth, Sie sind nach Mr. Corbetts Aussage seit einem Monat mit ihm intim...«

»Ja, aber wir haben nicht sehr oft...«

»Zwei- oder dreimal, stimmt's?«

»Ja, mag sein.«

»Ich möchte nun wissen, ob bei einem dieser Treffen...«

»Es war alles – alles ganz normal, wenn Sie darauf hinauswollen.«

»Nein, darauf wollte ich gar nicht hinaus.«

»Ich finde, das Gespräch wird langsam peinlich«, sagte Priscilla.

»Das fand Corbett auch. Aber ein Mord ist eben eine peinliche Angelegenheit, für alle Beteiligten. Hat er im Gespräch mit Ihnen irgendwann einmal anklingen lassen, daß er sich auch für Männer interessierte?«

»Nein.«

»Hat er irgendwann einmal einen Mann mitgebracht, wenn er mit Ihnen zusammen war? Sie haben sich doch sicher außerhalb des Büros getroffen. War jemals ein Mann dabei?«

»Einmal.«

»Wer?«

»Alex Harrod.«

»Wer ist das?«

»Er ist Lektor bei einem Taschenbuchverlag. Absalom Books.«

»Ist er homosexuell?«

»Ich kenne mich da nicht so aus...«

»Warum war er dabei?«

»Danny dachte, es würde – ja, also er meinte, wir würden weniger auffallen, wenn sonst noch jemand dabei war.«

»Wo war das?«

»In der Bar vom Hotel Mandalay.«

»Wann?«

»Letzten Monat.«

»Was geschah bei diesem Treffen?«

»Nichts. Alex hat etwas mit uns getrunken, und dann ist er wieder gegangen. Danny und ich sind auf das Zimmer gegangen, das er bestellt hatte.«

»Worüber haben Sie gesprochen?«

»Danny und ich?«

»Nein, als sie zu dritt waren. In der Bar.«

»Über Bücher. Danny dachte da an ein paar Bücher, die seiner Meinung nach für den Verlag von Alex interessant sein könnten.«

»Sie haben also ausschließlich über Bücher gesprochen?«

»J-ja, eigentlich schon.«

»Worüber noch, Mrs. Lambeth?«

»In der Bar haben wir über nichts anderes gesprochen.«

»Wo dann, Mrs. Lambeth? Auf dem Zimmer? Worüber haben Sie da gesprochen?«

Der Hund heulte wie ein hungriger Wolf, der darauf wartet, daß ein fetter Eskimo aus seinem Iglu kommt. Priscilla sah zu ihm hinüber. »Ich muß ihn losbinden.«

»Das hat noch Zeit«, widersprach Carella. »Ich will wissen, was Corbett zu Ihnen gesagt hat, nachdem Sie Harrod kennengelernt hatten.«

»Das waren nur so Bettgeschichten«, sagte Priscilla. »Manche Leute sagen Sachen im Bett...«

»Was hat er gesagt?«

»Er hat mich gefragt, ob ich – ob ich es jemals mit zwei Männern gemacht hätte.«

»Hatte er einen bestimmten Mann im Sinn?«

»Er hat mich gefragt, wie mir Alex Harrod gefällt.«

»War das der Mann, den er im Sinn hatte?«

»Ja, wahrscheinlich. Er fragte mich, ob mir Alex gefiele. Und er – er meinte, es würde Spaß machen, es irgendwann einmal mit ihm zu machen.«

»Und wie haben Sie darauf reagiert?«

»Ich habe gesagt, daß ich Alex gut finde.«

Der Hund und der Wind heulten so laut, daß er sie kaum verstehen konnte. Gegen den Wind war Carella machtlos, aber den Köter hätte er mit Wonne über den Haufen geschossen.

»Und waren Sie mit seinem Vorschlag einverstanden?«

»Ich habe gesagt, ich würde es mir überlegen.«

»Ist er noch einmal darauf zurückgekommen?«

Es gab eine lange Pause, in der man nur das herzzerreißende Jaulen des Hundes und das Toben des Sturmes hörte.

»Ja.«

»Wann?«

»Bei der Weihnachtsfeier.«

»Da hat Corbett erneut vorgeschlagen, daß Sie zu dritt...«

»Ja.«

»Und was haben Sie ihm geantwortet?«

Priscilla sah den Hund an. Sie hatte die Arme über der Brust zusammengeschlagen und die behandschuhten Hände unter die Achselhöhlen gesteckt.

»Was haben Sie geantwortet?« wiederholte Carella.

»Ich habe ihm geantwortet, daß wir es ja mal versuchen könnten. Wir hatten beide zuviel getrunken, Weihnachten ist schließlich nur einmal im Jahr...«

»Haben Sie ein Datum festgesetzt?«

»Ja.«

»Wann?«

»Mein Mann fährt diese Woche nach Wisconsin. Seine Mutter wohnt dort, sie ist sehr krank. Er will nach ihr sehen. Wir – wir wollten über Neujahr in Dannys Landhaus fahren. Mein Mann kommt erst am zweiten Januar zurück.«

»Gehört das Haus Danny allein?«

»Ich denke schon.«

»Oder bewohnt er es gemeinsam mit Alex Harrod?«

»Das weiß ich nicht.«

»Danke, Mrs. Lambeth«, sagte Carella. »Jetzt können Sie den Hund losbinden.«

Alexander Harrod wohnte im Quarter. Carella rief an und erklärte, daß er Ermittlungen in einem Mordfall führe und gern mit Harrod sprechen würde. Daß es sich um den Mordfall Daniel Corbett handelte, sagte er nicht. Es sei schon nach elf, protestierte Harrod, ob es nicht bis morgen Zeit habe. In einem Mordfall seien die ersten vierundzwanzig Stunden ausschlaggebend, tönte Carella gewichtig. Schließlich hatte er Harrod so weit, daß er bereit war, ihm eine halbe Stunde Rede und Antwort zu stehen.

Harrod wohnte in einem dreistöckigen Backsteinbau ohne Fahrstuhl. Carella klingelte unten und stieg die Treppen zum dritten Stock hinauf. Die Wohnung war am Ende des Ganges. Er klopfte, und die Tür öffnete sich sofort, als habe Harrod ihn schon ungeduldig erwartet. Zu seiner Überraschung sah Carella einen schlanken, hochgewachsenen, gutaussehenden Schwarzen vor sich. Daß Corbett sie mit einem Schwarzen hatte zusammenspannen wollen, hatte Priscilla ihm nicht erzählt.

»Mr. Harrod?« fragte er vorsichtshalber.

»Ja. Bitte, kommen Sie herein.«

Er trug Jeans und ein enganliegendes weißes T-Shirt unter einer blauen Strickjacke mit Schalkragen und war barfuß. Das Zimmer, in das er Carella führte, sah aus wie ein gehobener Trödelladen. An den Wänden standen Regale, die mit allem möglichen Schnickschnack gefüllt waren: kleine Vasen mit getrockneten Blumen, Fotos in winzigen ovalen Rähmchen, antiken Schlüsseln, dem Buchstaben A in den verschiedensten Größen und aus den verschiedensten Werkstoffen, von Bronze über Messing bis zu vergoldeter Schnitzerei, Büchern, mit denen man bequem einen mittleren Buchladen hätte füllen können, gerahmten Briefen, die offenbar für Harrod von hohem Gefühlswert waren. Das Sofa war aus weichem schwarzem Leder und mit Kissen in den verschiedensten Größen und Macharten bedeckt, die auch überall auf dem Boden herumlagen und dort weitere Sitzgelegenheiten boten. An der Wand hing ein Bild von zwei Ringern. Der Boden war mit einem weißen Zottelteppich bedeckt. Es war sehr heiß im Zimmer, und Carella fragte sich, ob Harrod vielleicht nebenbei Orchideen züchtete.

»Geht es um Gregory Craig?« fragte Harrod.
»Wie kommen Sie darauf?«
»Ich weiß, daß er ermordet worden ist. Absalom hat die Taschenbuchausgabe der *Tödlichen Schatten* herausgebracht.«
»Es geht um Daniel Corbett«, erklärte Carella.
»Wieso? Was ist mit Danny?«
»Er ist heute abend ermordet worden«, sagte Carella und wartete auf Harrods Reaktion, die nicht lange auf sich warten ließ. Harrod wich einen Schritt zurück, als hätte Carella ihn geschlagen.
»Er wurde heute abend zwischen halb sechs und sechs erstochen«, setzte Carella hinzu.

»Danny?« wiederholte Harrod tonlos, und plötzlich fing er an zu weinen. Carella sah ihn an und schwieg. Harrod zog ein Papiertaschentuch aus der Gesäßtasche seiner Jeans und trocknete sich die Augen. »Entschuldigen Sie, aber wir – wir waren gute Freunde«, sagte er.

»Deshalb bin ich hier, Mr. Harrod. Wie eng war Ihre Beziehung?«

»Ich sagte es schon: Wir waren gute Freunde.«

»Mr. Harrod, trifft es zu, daß Sie und Mr. Corbett beabsichtigten, an diesem Wochenende mit einer gewissen Priscilla Lambeth aufs Land zu fahren?«

»Von wem haben Sie denn das?« fragte Harrod.

»Von Mrs. Lambeth.«

»Tja, dann...«

»Trifft es zu?«

»Ja, aber das heißt noch nicht...«

»Mr. Harrod, ist Ihnen bekannt, daß Daniel Corbett den Vorschlag machte, Sie drei sollten miteinander schlafen?«

»Ja, das ist mir bekannt. Aber es bedeutet trotzdem noch nicht...«

»War die Reise aufs Land nicht eigens zu diesem Zweck geplant worden?«

»Ja, aber...«

»Hatten Sie und Mr. Corbett das schon einmal gemacht? Ich meine nicht mit Priscilla Lambeth, sondern mit irgendeiner anderen Frau.«

»Was hat das mit dem Mord zu tun?«

»Sie haben meine Frage nicht beantwortet.«

»Ich brauche überhaupt keine Fragen zu beantworten«, fuhr Harrod auf. »Jetzt lassen Sie mich mal was fragen. Wenn Sie nicht der Meinung wären, daß ich schwul bin, würden Sie dann hier stehen und mich auf diese infame Weise ausquetschen?«

»Ihre sexuellen Neigungen interessieren mich nicht, Mr. Harrod, damit müssen Sie schon allein fertigwerden. Ich bin hier, weil...«

»Ach, nee! Das erzählen Sie mal Ihren Kollegen.«

»Es geht hier um mich, nicht um meine Kollegen. Ich will wissen, ob Sie damit einverstanden waren, mit Daniel Corbett und Priscilla Lambeth zu schlafen.«

»Warum?«

»Waren Sie Corbetts Liebhaber?«

»Darauf brauche ich nicht zu antworten.«

»Stimmt, brauchen Sie nicht. Wo waren Sie heute abend um halb sechs?«

»Hier. Ich bin vom Verlag aus direkt nach Hause gegangen.«

»Wo ist der Verlag?«

»In der Jefferson Street.«

»Wann sind Sie hier eingetroffen?«

»Kurz nach halb sechs.«

»Haben Sie heute mit Mr. Corbett gesprochen?«

»Ja, wir haben miteinander gesprochen.«

»Worüber?«

»Es war nichts Wichtiges.«

»Über die Fahrt zu seinem Landhaus?«

»Möglich, daß das kurz zur Sprache kam.«

»Wie standen Sie zu dem Plan?«

»Ich – na schön, ich wollte nicht mitkommen.«

»Warum nicht?«

»Weil ich...« Harrod ballte die Fäuste. »Sie haben nicht das Recht, mich derart zu schikanieren. Ich war nicht in der Nähe von Dannys Wohnung, als er – als er...« Wieder begann er zu weinen. »Scheiße«, sagte er, zog das durchweichte Papiertaschentuch hervor und wischte sich damit über die Augen. »Immer schikaniert ihr uns. Warum könnt ihr uns nicht in Ruhe lassen?«

»Wie war das nun mit der geplanten Landpartie?« fragte Carella.

»Ich wollte nicht mit«, schluchzte Harrod. »Ich – ich hatte es satt, daß Danny immer diese Weiber anschleppte. Schön, daß er bisexuell war, damit konnte ich leben. Aber daß er mit diesen Weibern ständig unsere Beziehung störte...« Er schüttelte den Kopf. »Ich habe ihm gesagt, daß er sich endlich entscheiden müßte. Und er hat mir versprochen, daß es das letztemal sein sollte. Er meinte, es würde mir Spaß machen. Sie fände mich gut, hat er gesagt.«

»Und wie fanden Sie Priscilla Lambeth?«

»Zum Kotzen«, erklärte Harrod knapp.

»Aber Sie waren dann doch mit der Fahrt einverstanden.«

»Ja, aber damit sollte ein für allemal Schluß sein.

Wenn du wieder damit anfängst, habe ich ihm gesagt, ist es aus zwischen uns. Es sollte unwiderruflich das letztemal sein.«

»Das war es ja dann auch«, sagte Carella.

»Ich war um halb sechs hier«, wiederholte Harrod. »Sie können das gern nachprüfen.«

»Bei wem?«

Harrod zögerte.

»Mit wem waren Sie zusammen, Mr. Harrod?«

»Mit einem Freund. Er heißt Oliver Walsh. Wollen Sie den jetzt auch schikanieren?«

»Sie haben es erraten«, sagte Carella.

Oliver Walsh wohnte nicht weit von Harrod entfernt. Carella traf fünf Minuten vor Mitternacht dort ein. Er hatte sich nicht angemeldet und auch Harrod eingeschärft, nicht anzurufen. Walsh war von dem Besuch des Detective offensichtlich überrascht. Er mochte neunzehn oder zwanzig sein, hatte einen roten Haarschopf und Sommersprossen über der Nasenwurzel. All das sah Carella durch den Spalt in der nur halbgeöffneten Tür. Walsh nahm die Kette erst ab, nachdem Carella ihm seine Dienstmarke und seinen Ausweis gezeigt hatte.

»Sie hätten ja auch ein Einbrecher sein können«, erklärte Walsh.

»Ich will Ihnen sagen, weshalb ich hier bin, Mr. Walsh«, sagte Carella. »Ich möchte wissen, wo Sie heute abend zwischen halb sechs und sechs waren.«

»Warum?« fragte Walsh prompt.

»Waren Sie hier?« Carella tat, als hätte er die Frage nicht gehört.

»Nein.«

»Wo waren Sie dann?«

»Warum wollen Sie das wissen?«

»Es geht um einen Mord, Mr. Walsh. Ich möchte nur wissen...«

»Mann, Sie denken doch nicht...« Dem jungen Mann verschlug es buchstäblich die Sprache.

»Wo waren Sie?«

»Zwischen – wann, haben Sie gesagt?«

»Zwischen halb sechs und sechs.«

»Bei einem Freund«, sagte Walsh und machte ein sehr erleichtertes Gesicht.

»Wie heißt dieser Freund?«

»Alex Harrod. Seine Nummer ist Quinn 7-6430. Sie können gern anrufen, er wird's bestätigen.«

»Wo waren Sie mit Ihrem Freund Alex Harrod?«

»In seiner Wohnung. 511 Jacaranda, dritter Stock, Apartment 32. Los, rufen Sie ihn schon an.«

»Wann trafen Sie dort ein?«

»Zwanzig nach fünf. Er war gerade aus dem Büro gekommen.«

»Und wie lange blieben Sie?«

»Ich bin um halb zehn gegangen.«

»Haben Sie in dieser Zeit irgendwann einmal Harrods Wohnung verlassen?«

»Nein.«

»Hat Harrod die Wohnung verlassen?«
»Nein, wir waren die ganze Zeit zusammen.«
»Seit wann kennen Sie Harrod?«
»Wir haben uns erst vor kurzem kennengelernt.«
»Wann?«
»Am Weihnachtsabend.«
»Wo?«
»Auf einer Party.«
»Wo war diese Party?«
»In Llewlyn Mews, bei einem gewissen Daniel Corbett. Ein Freund hatte mich mitgenommen.«
»Kannten Sie Corbett schon vorher?«
»Nein, ich habe ihn an diesem Abend erst kennengelernt.«
»Und bei dieser Gelegenheit lernten Sie auch Harrod kennen, ja?«
»Genau.«
»Haben Sie mit ihm telefoniert, nachdem Sie heute seine Wohnung verlassen haben?«
»Nein.«
»Wir können nachprüfen, ob in der fraglichen Zeit von seinem oder von Ihrem Anschluß aus Gespräche geführt worden sind.«
»Na, prüfen Sie's doch nach«, sagte Walsh. »Meinen Segen haben Sie. Ich bin um halb zehn gegangen, und seither habe ich ihn nicht gesprochen. Wer ist denn ermordet worden? Doch nicht Alex?«
»Nein, nicht Alex«, sagte Carella. »Schönen Dank für Ihre Hilfe, Mr. Walsh.«

8

Sie kamen zu dem Schluß, daß der Mörder aufs falsche Pferd gesetzt hatte. Der Irrtum war verständlich. Auch Carella war er ja schon einmal unterlaufen. Der Mörder mußte sie seit einigen Tagen beobachtet haben, und als er sie – oder vielmehr die Frau sah, die er für Hillary Scott hielt, wie sie am Mittwoch morgen das Haus in Stewart City verließ, war er ihr bis zur Untergrundbahn gefolgt und hatte dann versucht, sie zu erstechen. Mit »einem mordsgroßen Messer«, wie Denise Scott es beschrieb.

Minuten, nachdem Denise mit zerfetztem Mantel und zerrissener weißer Satinbluse wieder in ihrer Wohnung aufgetaucht war, rief Hillary erst das zuständige Revier und dann Carella an. Er und Hawes waren eine Stunde später bei ihnen. Die Streifenpolizisten, die schon vor ihnen eingetroffen waren, wußten offenbar nicht so recht, was von ihnen erwartet wurde. Sie fragten Carella, ob sie die Geschichte als Überfall registrieren sollten oder ob der 87. Bezirk den Fall übernehmen würde. Carella erklärte, daß möglicherweise eine Verbindung zu einem von ihnen bearbeiteten Mordfall bestand. Die beiden Kollegen könnten also die Sache guten Gewissens zu den Akten legen. Die beiden waren anscheinend noch nicht überzeugt.

»Und wer erledigt den Papierkram?« fragte der eine Streifenpolizist.

»Das mache ich«, versprach Carella.

»Wenn wir uns da nur keinen Ärger einhandeln«, meinte der andere.

»Wenn Sie Meldung machen wollen, kann ich Sie natürlich nicht daran hindern.«

»Und was sollen wir in die Meldung reinschreiben? Einen Überfall?«

»Das war es zweifellos.«

»Und als Tatort? Der Typ hat versucht, sie vor der Untergrundbahn zu erstechen. Gerufen hat sie uns aber erst, als sie wieder in der Wohnung war. Was schreiben wir also hin?«

»Die Adresse ihrer Wohnung. Denn hierher hat man Sie gerufen.«

»Ja, aber hier ist es nicht passiert.«

»Am besten überlassen Sie die Meldung doch mir«, meinte Carella. »Dann brauchen Sie sich gar nicht weiter den Kopf darüber zu zerbrechen.«

»Sie kennen unseren Sergeant nicht«, wandte der erste Streifenpolizist ein.

»Notier dir wenigstens seinen Namen und seine Dienstnummer«, riet ihm der Kollege.

»Detective Stephen Louis Carella«, diktierte Carella geduldig. »87. Bezirk. Dienstnummer 7145632.«

»Hast du's«? fragte der zweite Streifenpolizist.

Der erste nickte, und noch immer nicht ganz beruhigt zogen sie ab.

Denise Scott war wie betäubt und noch halb im

Schock. Sie war blaß, ihre Lippen zitterten, und sie hatte den Mantel noch nicht ausgezogen, als brauche sie ihn als Schutz gegen das Messer des Angreifers. Hillary brachte ihr einen großen Brandy. Nach ein paar Schlucken bekam ihr Gesicht langsam wieder Farbe. Jetzt endlich war sie auch bereit, über den Vorfall zu sprechen. Der Ablauf war ziemlich klar. Jemand hatte sie, als sie gerade die Treppe zur Untergrundbahn hinuntergehen wollte, von hinten gepackt, hatte sie herumgerissen und ihr mit einem großen Messer den Mantel aufgeschlitzt. Sie hatte mit ihrer Handtasche nach ihm geschlagen und hatte angefangen zu schreien, und der Mann hatte sich umgedreht und war weggelaufen, als er jemanden von unten die Treppe heraufkommen hörte.

»Sie wissen genau, daß es ein Mann war?« vergewisserte sich Carella.

»Ganz genau.«

»Wie sah er aus?«

»Er hatte schwarzes Haar und braune Augen. Und ein sehr schmales Gesicht«, sagte Denise.

»Wie alt?«

»Ende Zwanzig, würde ich sagen.«

»Würden Sie ihn wiedererkennen?«

»Sofort.«

»Hat er etwas zu Ihnen gesagt?«

»Kein Wort. Er hat mich einfach herumgezerrt und hat versucht, mich zu erstechen. Schauen Sie, wie er meinen Mantel und meine Bluse zugerichtet hat.« Sie schob den Mantel beiseite. Unter der zerrissenen Bluse sah man eine wohlgeformte linke Brust. Hawes schien sich sehr dafür zu interessieren, ob die Messerspitze die Haut geritzt hatte.

»Ich habe einfach Glück gehabt«, sagte Denise und ließ den Blusenfetzen los.

»Er hatte es auf mich abgesehen«, erklärte Hillary.

Carella fragte nicht, wie sie darauf kam, er war der gleichen Meinung.

»Gib mir deinen Mantel«, sagte sie.

»Wie?« fragte ihre Schwester verblüfft.

»Deinen Mantel. Gib schon her.«

Denise zog den Mantel aus. Hillary drückte ihn an die Brust wie einen Liebhaber. Dann schloß sie die Augen und begann zu schwanken wie damals, als sie Carella ihren beunruhigenden Kuß gegeben hatte. Hawes sah Hillary an, sah ihre Schwester an und kam zu dem Schluß, daß er lieber mit Denise als mit Hillary ins Bett gehen würde. Oder umgekehrt? Mit beiden gleichzeitig wäre auch nicht schlecht, ja, vielleicht wäre das sogar die beste Lösung. Carella, der nicht mit hellseherischen Fähigkeiten begabt war, ahnte nicht, daß Dreierbeziehungen an Weihnachten offenbar in der Luft lagen. Hillary fing wieder mit der Leier von neulich an. »Band... gestohlen... Band...« Es war genau dasselbe wie damals.

Hawes machte große Augen. Er hatte sie ja noch nie in diesem Zustand erlebt. Denise, gegen Medien offenbar abgehärtet, gähnte. Der Brandy tat langsam seine Wirkung. Sie schien ganz vergessen zu haben, daß vor knapp einer Stunde jemand versucht hatte, sie in jenes Jenseits zu befördern, aus dem ihre Schwester anscheinend gerade Botschaften empfing. Hillary hatte gesagt, daß es ein Geist war, der Gregory Craig umgebracht hatte. Jetzt hatte dieser Geist versucht, ihre Schwester zu ermorden.

»Hamp«, sagte sie.

Carella fuhr zusammen. Hatte sie sich nur geräuspert, oder sollte das ein sinnvolles Wort sein?«

»Hampstead«, sagte Hillary.

Carella spürte, wie sich seine Nackenhaare sträubten. Hawes, der Denise beobachtete, die mit übereinandergeschlagenen Beinen dasaß und ihn mit leicht umflortem Blick anlächelte, spürte eine Regung an einer ganz anderen Stelle.

»Mass«, sagte Hillary tonlos. Sie hatte noch immer die Augen geschlossen, ihr Körper schwankte, den schwarzen Mantel hielt sie fest ans Herz gedrückt. »Massachusetts. Hampstead, Massachusetts.« Carella fiel der Unterkiefer herunter.

Hillary öffnete die Augen und sah ihn an. Plötzlich hatte er kalte Füße. Er hätte schwören mögen, daß in ihren Augen ein Feuer loderte, es glühte und waberte rot und goldfarben hinter dem tiefen Braun der Iris.

»In Hampstead, Massachusetts, ist jemand ertrunken.« Sie hatte sich mit betonter Ausschließlichkeit an ihn gewandt, als seien Hawes und ihre Schwester überhaupt nicht vorhanden. Carella wußte, daß sie über ein Jahr mit Craig zusammengelebt hatte, daß Craig ihr möglicherweise von dem Unfall seiner Frau erzählt hatte, der sich zwei Meilen von seinem Sommerhaus entfernt zugetragen hatte, jenem Haus, das durch die *Tödlichen Schatten* berührt worden war. Trotzdem war er in diesem Augenblick fest davon überzeugt, daß sie erst durch den schwarzen Mantel, den sie noch immer an sich gepreßt hielt, davon erfahren hatte.

»Wir fahren nach Massachusetts, Sie und ich«, erklärte sie ganz ruhig. Er nickte. Ja, sie würden nach Massachusetts fahren, denn vor drei Sommern war dort Craigs Frau ertrunken, inzwischen waren drei weitere Menschen ums Leben gekommen, von einem Mordversuch gar nicht zu reden. Wer weiß, vielleicht hatten wirklich Gespenster die Hand im Spiel.

Sie hatten gehofft, es bis eins zu schaffen, denn sie hatten die Stadt kurz nach zehn verlassen, und nach der Karte waren es bis Hampstead nur 200 Meilen in nordöstlicher Richtung. Draußen waren die Straßen trocken, der Schneesturm hatte sich offenbar nur in der Stadt ausgetobt. Schwierig wurde es erst, als sie nach Massachusetts kamen. Bisher hatte sich Carella brav an die energiesparenden 55 Meilen pro Stunde gehalten, jetzt nahm er Gas weg und hoffte, daß er zumindest dreißig machen konnte. Dabei war es nicht der Schnee, der ihnen zu schaffen machte. Jedes Wintersportgebiet, das etwas auf sich hält, sorgt für freie Straßen, sobald die erste Schneeflocke vom Himmel fällt. Aber es war inzwischen kälter geworden, die Straßen waren spiegelglatt und machten das Fahren zu einem gefährlichen und anstrengenden Abenteuer.

Es war fast halb drei, bis sie nach Hampstead kamen. Der Himmel war bedeckt, und vom Meer kam ein scharfer Wind, der an den Fensterläden der Sommerhäuser rüttelte. Die Stadt sah aus wie ein prähistorisches Lebewesen, das auf der Suche nach Sonne aus dem Atlantik gekrochen und beim Anblick des felsigen, unwirtlichen Küstenstriches erschöpft und voller Enttäuschungen am Ufer zusammengebrochen ist. Die baufälligen Häuser am Hafen waren gleichmäßig grau. Mit ihren verwitterten Schindeln erinnerten sie an die Zeit, als Hampstead noch ein kleines Fischerdorf gewesen war, dessen Männer ihren Lebensunterhalt mit dem Fischfang verdient hatten. Netze und Hummerreusen lagen zwar noch herum, aber im Zuge des unvermeidlichen Fortschritts war eine Kette von Motels und Imbißstuben entstanden, die den auch früher sicher nicht besonders heiteren Ort nicht gerade verschönten.

Die städtischen Anlagen bestanden aus einem Rechteck ungepflegten Rasens, um das Verwaltungsgebäude und ein vierstöckiges Hotel, die

Hampstead Arms, herumgebaut waren. In der Mitte stand ein Weihnachtsbaum mit nicht eingeschalteter Beleuchtung, der aussah wie eine zerzauste Möwe, die sich verflogen hat. Carella stellte den Wagen ab und ging mit Hillary zum Rathaus, wo er das Büro des Coroner und die Akten über den Tod von Gregory Craigs Exfrau vermutete. Hillary trug einen zottigen Waschbärpelz, eine braune Wollmütze, die sie bis über die Ohren heruntergezogen hatte, braune Handschuhe, braune Stiefel und, wie schon heute früh in der Wohnung ihrer Schwester, einen Tweedrock, einen schokoladenbraunen Rollkragenpullover und eine grüne Strickjacke mit Lederknöpfen. Carella trug die Sachen, die er zu Weihnachten bekommen hatte: eine graue Sporthose von Fanny, ein kariertes Hemd von April, ein Sportsakko von Teddy, einen dunkelblauen Kurzmantel mit Flauschfutter und Synthetikpelzkragen, ebenfalls von Teddy, und ein Paar pelzgefütterte Handschuhe von Mark. Er hatte kalte Füße, denn heute früh hatte er nur Halbschuhe angezogen. Daß er nachmittags durch die Straßen einer Stadt am Meer traben würde, in der die Temperatur etliche Minusgrade aufwies und ein eisiger Sturm vom Atlantik hereinfegte, hatte er morgens noch nicht geahnt. Hillary sah sich um und nickte. »Ja, ich habe gewußt, daß es so aussehen würde.«

Das Rathaus von Hampstead war aus Holz. Es war weiß gestrichen und hatte ein graues Schindeldach. Innen war es warm und gemütlich, wie in einem altmodischen Gemischtwarenladen, in dem ein bullernder Kanonenofen steht. Carella las das Hinweisschild in der Halle, eine schwarze Tafel mit weißen Steckbuchstaben und -zahlen. Ein Hinweis auf den Coroner war nicht zu entdecken. Bei der Auskunft erfuhr er, daß der Coroner im Hampstead General Hospital sein Büro hatte, auf der anderen Seite der Bucht. Der Gedanke daran, sich noch einmal in das unwirtliche Wetter hinauszuwagen, war nicht sehr verlockend, aber da war nichts zu machen. Carella ging mit Hillary zu seinem Wagen und fuhr in Richtung Norden. »Hampstead Bight« verkündete ein Schild am Beginn der Uferstraße.

»Hier ist sie ertrunken«, erklärte Hillary. »Halten Sie an.«

»Jetzt wollen wir erst mal feststellen, *wie* sie ertrunken ist«, entschied Carella und fuhr weiter.

Der Coroner war ein dünner, blasser Mann um die Sechzig mit einem dürftigen grauen Haarkranz auf dem kahlen Schädel. Er trug einen abgewetzten Pullover, faltige braune Hosen, ein weißes Hemd mit ausgefranstem Kragen und einen Schlips, dessen Farbe Carella peinlich an einen Kuhfladen erinnerte. Auf seinem Schreibtisch lag ein unordentlicher Haufen von Schnellheftern, ein schwarzes Plastikschild verkündete in weißen Buchstaben: MR. HIRAM HOLLISTER. Carella sprach unter vier Augen mit ihm. Wenn man Gespenstern seine Aufwartung machte, war es sicher durchaus nicht verkehrt, ein Medium mitzubringen, aber ein dienstliches Gespräch, so sagte sich Carella, führte man besser doch nicht in Gegenwart einer bildschönen Zweiundzwanzigjährigen, deren Waschbärpelz zum Streicheln und Knuddeln geradezu herausforderte. Hillary setzte sich auf eine Bank, die draußen im Gang stand.

»Ich bearbeite in Isola drei Mordfälle, zwischen denen möglicherweise ein Zusammenhang besteht«, sagte Carella und zückte seine Dienstmarke. »Eins der Opfer war ein gewisser Gregory Craig, der...«

»Was steht da drauf?« Hollister kniff die Augen zusammen und betrachtete die blaugoldene Dienstmarke mit dem eingeprägten Stadtwappen.

»Detective«, antwortete Carella.

»Ach so, Detective, hm...«, sagte Hollister.

»Eins der Opfer war ein gewisser Gregory Craig. Seine geschiedene Frau, Stephanie Craig, ist vor drei Jahren im Sommer hier in Hampstead Bight ertrunken. Von Ihrem Büro wurde damals auf Unfall befunden. Mich würde nun interessieren...«

»Ja, ja, vor drei Jahren«, sagte Hollister.

»Erinnern Sie sich an den Fall?«

»Nein, aber an den Sommer vor drei Jahren erinnere ich mich. Das war das Jahr mit dem vielen Regen.«

»Liegt Ihnen das Protokoll noch vor? Es gab ja sicher eine gerichtliche Untersuchung...«

»Klar, ist ja Vorschrift, wenn jemand ertrunken ist.«

»Sagt Ihnen der Name Stephanie Craig etwas?« fragte Carella.

»Nicht auf Anhieb. Wir haben hier viele Touristen, und die wissen oft nicht, wie tückisch die Strömung sein kann. Da ertrinkt schon mal einer, das ist in allen Badeorten so.«

»Und Gregory Craig?«

»Nee, sagt mir auch nichts.«

»Er hat ein Buch geschrieben. *Tödliche Schatten*.«

»Hab' ich nicht gelesen.«

»Es handelt von einem Haus hier am Ort.«

»Kenn' ich nicht.«

Carella bedachte die Vergänglichkeit des Ruhms. Hollister nickte weise, als wäre ihm plötzlich noch etwas eingefallen.

»Ja, ja«, sagte er.

Carella wartete.

»Wirklich, ein völlig verregneter Sommer war das. Den Anlegesteg draußen am Logan's Pier hat's glatt weggespült.«

»Wo finde ich den Bericht über die gerichtliche Untersuchung, Mr. Hollister?« fragte Carella.

»In dem Zimmer ganz hinten«, sagte Hollister und sah auf die Uhr. »Aber es ist schon drei, und ich will sehen, daß ich noch vor dem Schneesturm nach Hause komme. Zwölf Zentimeter Schnee soll es heute noch geben, haben Sie das gewußt?«

»Nein.« Carella sah ebenfalls auf die Uhr. »Wenn Sie mir den Vorgang heraussuchen, könnte ich ihn in Ruhe lesen und Ihnen dann wieder auf den Schreibtisch legen.«

»Tja...«, meinte Hollister.

»Ich kann Ihnen den Empfang auch quittieren.«

»Nicht nötig«, sagte Hollister. »Ich möchte bloß nicht, daß im Archiv alles durcheinandergebracht wird.«

»Ich würde sehr achtgeben.«

»Die Kollegen von außerhalb, die wissen einfach nicht, was Ordnung ist, das kennen wir schon«, sagte Hollister.

»Wirklich, Sir?« sagte Carella diplomatisch. »Wie ärgerlich! Aber wissen Sie, ich bin den Umgang mit Akten gewöhnt. Ich verspreche Ihnen, daß ich den Vorgang im gleichen Zustand abgeben werde, in dem ich ihn bekommen habe.«

»Na ja, ich glaube, bei Ihnen kann ich's riskieren.« Hollister erhob sich aus seinem Drehsessel und überraschte Carella mit seiner Größe von einsneunzig, womit er jeder Basketballmannschaft zur Zierde gereicht hätte.

Carella folgte Hollister über den Gang, vorbei an Hillary, die ihn fragend ansah, zu einer Tür mit der Aufschrift »Archiv« auf der Milchglasscheibe. An den Wänden standen hölzerne Aktenschränke von so ehrwürdigem Alter, daß sie in Isolas Antiquitätengeschäften gutes Geld gebracht hätten.

»Wie schreibt sich gleich der Nachname?« fragte Hollister.

»C-R-A-I-G«, buchstabierte Carella und überlegte, ob wohl in diesem Augenblick in einem anderen Teil des Landes Leute fragten, wie man Hemingway oder Faulkner oder Harold Robbins schreibt.

»Hm«, sagte Hollister, ging zu einem der Schränke und machte ein Fach auf. »Stephanie?« fragte er.

»Ganz recht, Stephanie.«

»Hier haben wir sie.« Hollister holte einen zwei Zentimeter dicken Vorgang heraus, überprüfte noch einmal den Namen auf dem Umschlag und drückte ihn Carella in die Hand. »Legen Sie den Vorgang einfach hier auf den Aktenschrank, wenn Sie fertig sind. Versuchen Sie nicht, ihn selber wieder einzuordnen, verstanden?«

»Ja, Sir«, sagte Carella.

»Dabei kommt nämlich nur alles durcheinander«, erklärte Hollister.

»Ja, Sir.«

»Sie können sich dort an den Schreibtisch am Fenster setzen, wenn Sie wollen. Ziehen Sie den Mantel aus, und machen Sie sich's bequem. Wer ist das Mädchen da draußen, das aussieht wie ein Teddybär?«

»Sie hilft mir bei dem Fall«, sagte Carella.

»Soll reinkommen. Da draußen zieht's nämlich wie Hechtsuppe.«

»Ja, Sir, danke«, sagte Carella.

»Na ja, das wär's dann wohl.« Hollister zuckte abschließend die Schultern und ließ Carella allein. Hillary saß noch immer auf ihrer Bank und wippte ungeduldig mit einem Bein. Als Carella sie rief, kam sie zu ihm.

»Was haben Sie da?« fragte sie.

»Den Bericht über die gerichtliche Untersuchung.«

»Draußen an der Bucht würden wir mehr erfahren.«

Carella rückte Hillary einen Stuhl zurecht. Sie zog ihren Waschbärmantel nicht aus. Draußen begann es zu schneien. Die Uhr an der Wand tickte. Sieben Minuten vor drei.

»Ich werde mich beeilen«, sagte Carella, »damit wir hier wegkommen, ehe der Schneesturm da ist.«

»Wir müssen zur Bucht«, sagte Hillary. »Deshalb bin ich hier. Um die Bucht zu sehen. Und das Haus, das Greg gemietet hatte.«

»Wenn wir noch Zeit dazu haben«, bremste er sie.

»Wir kommen jetzt sowieso nicht mehr weg«, stellte sie nüchtern fest. »Die Fernstraße 44 ist schon gesperrt.«

»Woher wissen Sie das?« fragte er. Sie sah ihn wortlos an.

»Na schön, ich beeile mich trotzdem. Wollen Sie mitlesen?«

»Ich möchte die Seiten anfassen«, sagte Hillary.

Nach dem, was er mit dem Mantel ihrer Schwester

erlebt hatte, hütete er sich, ihr eine solche Bitte abzuschlagen. Auf der Fahrt hierher hatte sie versucht, ihm zu erklären, was es mit den Kräften auf sich hatte, die sie besaß. Er hatte sich interessiert angehört, was sie von außersinnlichen Wahrnehmungen und insbesondere von Psychometrie erzählt hatte. Psychometrie war, nach ihren Worten, die Fähigkeit, mit einem sechsten Sinn die elektromagnetischen Ausstrahlungen eines anderen Menschen zu erfassen, meist durch Berührung eines Gegenstandes, der diesem Menschen gehörte oder von ihm getragen wurde. Den Menschen, die mit dieser Begabung gesegnet oder auch geschlagen waren, wie sie sagte, erschlossen sich Informationen über Vergangenheit und Gegenwart und manchmal, in ganz besonderen Fällen, auch über die Zukunft. Die Zeit war, vom übersinnlichen Standpunkt aus gesehen, wie eine große Schallplatte mit Millionen von Rillen, in denen Tausende von Daten gespeichert waren. Ein Mensch mit übersinnlichen Fähigkeiten konnte gewissermaßen, wenn er den Tonarm des Plattenspielers in eine der Rillen setzte, die auf der Platte gespeicherten Informationen abrufen. Wie diese Begabung im Hinblick auf künftige Ereignisse funktionierte, konnte Hillary nicht aus eigener Erfahrung sagen. Ereignisse, die in der Zukunft lagen, hatte sie noch nie zuverlässig voraussagen können. Dafür aber war ihre Begabung, aus der elektromagnetischen Energie eines Gegenstandes die mit diesem

Gegenstand in Vergangenheit oder Gegenwart zusammenhängenden Ereignisse zu erspüren, sehr ausgeprägt. Der Mantel ihrer Schwester war mit dem Messer des Mörders in Berührung gekommen, und die Ausstrahlung war so stark gewesen, daß sie sich von dem Mann, der das Messer in der Hand gehalten hatte, über das Messer selbst auf einen anderen Gegenstand – den Mantel – übertragen hatte. Hillarys nüchterne Erklärung überzeugte Carella endgültig davon, daß sie tatsächlich Kräfte besaß, die er mit logischen Argumenten nicht wegdiskutieren konnte.

Er öffnete die Akte und begann zu lesen. Sie las nicht mit, berührte nur jeweils die obere rechte Ecke der Seite, rieb sie prüfend zwischen Daumen und Zeigefinger wie ein Stoffmuster. Ihre Augen waren dabei geschlossen, der Oberkörper schwankte sacht hin und her. Sie benutzte ein raffiniertes Parfüm, das ihm bisher noch nicht aufgefallen war.

Nach den Feststellungen des Gerichts – die Verhandlung hatte am 16. September, drei Wochen nach dem Vorfall, stattgefunden – war Stephanie Craig nachmittags zwischen drei Uhr und drei Uhr fünfzig ohne Begleitung in der Hampstead Bight geschwommen und war nach der Aussage von Augenzeugen am Strand von einer Minute zur anderen untergegangen. Zweimal war sie mit den Armen rudernd und nach Luft schnappend wieder hochgekommen, aber nach dem drittenmal war sie nicht wieder aufgetaucht. Einer der Augenzeugen meinte, es habe so ausgesehen, als sei Mrs. Craig (so nannte sie sich auch noch vier Jahre nach der Scheidung von ihrem Mann) von einem Hai oder »irgendeinem anderen Fisch« von unten gepackt worden, aber das Gericht wies diese Behauptung mit dem Hinweis, es habe sich kein Blut im Wasser gefunden, scharf zurück. Vielleicht dachten die Mitglieder des Hohen Gerichtes auch daran, daß gewisse Bücher und Filme in der letzten Zeit dem Fremdenverkehr in Badeorten nicht gerade förderlich gewesen waren. Ein Haialarm war das letzte, was Hampstead gebrauchen konnte.

Die Ermittlungen waren mit großer Sorgfalt geführt worden. Von Mrs. Craigs Gärtner hatte man in Erfahrung gebracht, daß sie an diesem Nachmittag um halb drei zum Strand gegangen war. Sie hatte ein Handtuch und eine Strandtasche bei sich gehabt und hatte ihm gesagt, sie wolle in der Bucht schwimmen. Sie trug – daran konnte er sich genau erinnern – einen blauen Bikini und Sandalen. Zeugen am Strand hatten gesehen, wie sie zum Wasser hinuntergegangen war, prüfend eine Zehe hineingehalten hatte und dann noch einmal zum Strand heraufgekommen war, um die Sandalen auszuziehen und Handtuch und Tasche abzulegen. Einer der Zeugen sagte, es sei der erste sonnige Tag seit Wochen gewesen.

Um drei Uhr war Stephanie Craig ins Wasser gegangen. Die Bucht war an diesem Tag noch ruhiger als sonst. Mit dem Riff als natürlichem Wellenbrecher und ihrem feinen weißen Sandstrand war sie ein sicherer und bei Einheimischen wie Touristen beliebter Badeplatz. An diesem Tag waren vierundsechzig Personen am Strand gewesen. Nur knapp ein Dutzend hatte den Vorfall beobachtet. Die Aussagen der Zeugen glichen sich wie ein Ei dem anderen. Sie war unvermittelt untergegangen und ertrunken. Punkt. Im Bericht des Polizeiarztes stand, daß am Körper keinerlei Prellungen, Quetschungen oder Abschürfungen festgestellt worden waren. Ferner hielt der Bericht fest, daß die Leiche nur mit dem Bikinihöschen bekleidet ins Leichenschauhaus gebracht worden war. Das Bikinioberteil habe Mrs. Craig offenbar verloren, als sie versuchte, sich vor dem Ertrinken zu retten. Weder Drogen- noch Alkoholeinwirkung waren feststellbar gewesen. Der untersuchende Arzt mochte sich nicht darauf festlegen, ob vielleicht ein Krampf vorgelegen hatte. Dennoch kam das Gericht zu dem Schluß, daß wahrscheinlich ein heftiger Krampf oder eine Serie von Krämpfen Mrs. Craig bewegungsunfähig gemacht habe. Das Wasser an der Stelle, an der sie zuletzt gesehen worden war, wurde an diesem Tag auf eine Tiefe von etwas über drei Metern geschätzt. Ein Augenzeuge sagte aus, zum letztenmal sei sie zehn Minuten vor vier untergegangen. Demnach war sie fast eine Stunde im Wasser gewesen, und die Temperatur in der Bucht war, wie jedermann wußte, nicht gerade als lau zu bezeichnen. Aber Stephanie Craig hatte für die Schwimmstaffel ihrer Universität drei Goldmedaillen gewonnen, und davon war in dem Bericht nicht die Rede.

Carella klappte die Akte zu. Hillary ließ ihre Hände über den Einband gleiten. Dann öffnete sie die Augen. »Es war kein Unfall«, sagte sie. »Wer immer diesen Bericht geschrieben hat, weiß, daß es kein Unfall war.«

Carella suchte auf der ersten und der letzten Seite nach dem Namen der Stenotypistin, fand ihn aber nicht. Er nahm sich vor, Hollister zu fragen, wer den Bericht getippt hatte.

»Ich möchte jetzt zur Bucht«, sagte Hillary. »Fahren wir? Sonst wird es dunkel.«

Es war schon jetzt beinahe zu dunkel. Der fallende Schnee dämpfte das letzte schwache Licht am Horizont. Nicht nur die Sicht, sondern auch das Vorwärtskommen war schlecht. Sie standen am Strand und sahen hinaus aufs Meer. Stephanie Craig war etwa fünfzehn Meter vor der Küste ertrunken, knapp zehn Meter vor dem Riff, das als Wellenbrecher fungierte. Da Hillary nicht lockerließ, kletterten sie auf den Felsen hinauf, der wie ein Angelhaken geformt war. Auf der Seite, die dem Atlantik zugewandt war, schlugen die Brecher mit wilder Wucht an den Fels. Die Bucht selbst war geschützt. Eine leise vor sich hin rostende Leiter führte zu einer kleinen

Grotte hinunter. Hillary bewegte sich zielbewußt darauf zu. »Das können Sie doch nicht machen«, sagte Carella rasch und griff nach ihrem Arm.

»Es ist ganz ungefährlich. Das offene Meer ist ja auf der anderen Seite.«

Die Bucht wirkte wirklich recht harmlos, sogar seine zehnjährige Tochter hätte er dort bedenkenlos mit einer Gummiente spielen lassen. Entschlossen kletterte er vor Hillary die Leiter hinunter. Von einem Sturm war unten nichts zu spüren. In der Grotte, die das Wasser in jahrtausendelanger Arbeit in den Fels gespült hatte, sah man undeutlich die Umrisse eines kleinen Bootes mit abblätternder Farbe. Hillary blieb wie angewurzelt stehen.

»Was ist?« fragte Carella.

»Er war hier.«

»Wer?«

Es wurde jetzt rasch dunkel. Ich hätte die Taschenlampe aus dem Handschuhfach mitnehmen sollen, dachte Carella ärgerlich. Die Grotte machte durchaus keinen einladenden Eindruck. Trotzdem ging er in gebückter Haltung, um sich nicht den Kopf an der niedrigen Decke zu stoßen, hinter Hillary her und versuchte, die Dunkelheit hinter dem Boot mit den Augen zu durchdringen. Die Grotte endete wenige Meter hinter dem Boot. Die schrägen Felswände waren naß. Hillary berührte eine der rostenden Ruderdollen, dann zog sie die Hand zurück, als habe sie einen elektrischen Schlag bekommen.

»Nein«, stieß sie hervor.

»Was ist denn?«

»Nein«, wiederholte sie und wich zurück. »Nein, bitte nicht. O Gott, nein...«

»Ja, was haben Sie denn?«

Sie gab keine Antwort, schüttelte nur den Kopf und ging rückwärts aus der Grotte heraus. Sie kletterte schon die Leiter hoch, als er noch über den steinigen Strand lief. Als sie auf dem Felsen angekommen war, erfaßte der Wind ihren Rock und preßte ihn gegen ihre langen, schlanken Beine. Carella kletterte hinterher. Sie rannte zurück zum Strand, wo er den Wagen abgestellt hatte. Er lief ihr atemlos nach. Ein paarmal hätte er um ein Haar auf dem glatten Fels den Halt verloren. Als er zum Wagen kam, saß sie schon darin, die Arme übereinandergeschlagen, am ganzen Körper zitternd.

»Was war da draußen los?« fragte er.

»Nichts.«

»Als Sie das Boot berührten...«

»Nichts«, wiederholte sie.

Er ließ den Motor an. Auf dem Parkplatz lagen schon fast fünf Zentimeter Schnee. Es war vier Uhr. Er schaltete das Radio ein, weil er hoffte, einen Lokalsender zu erwischen, ließ einen Bericht über die neuesten Pläne des Präsidenten zur Bekämpfung der Inflation und eine Meldung über die neuesten Schwierigkeiten im Nahen Osten über sich ergehen; endlich kam der Wetterbericht.

Der Schneesturm, der gerade erst in der Stadt ein Chaos angerichtet hatte, war jetzt bis Massachusetts vorgedrungen. Man rechnete bis zum Morgen mit einer Schneehöhe zwischen sechzehn und zwanzig Zentimetern. Die Fernstraße 44 war geschlossen, die südlichen und westlichen Ausfallstraßen waren nur beschränkt befahrbar. Die Bürger wurden gebeten, soweit wie möglich auf die Benutzung von Kraftfahrzeugen zu verzichten, um die Schneepflüge nicht zu behindern.

»Wir fahren am besten zurück nach Hampstead«, sagte er, »und sehen zu, ob wir für die Nacht zwei Hotelzimmer bekommen.«

»Nein«, widersprach sie. Sie zitterte noch immer. »Ich möchte mir das Haus ansehen, das Greg in jenem Sommer gemietet hatte.«

»Ich habe keine Lust, hier draußen einzuschneien...«, setzte er an, aber sie unterbrach ihn.

»Wir kommen daran vorbei, es ist nur zwei Meilen von der Bucht entfernt. Hat nicht seine Tochter Ihnen das erzählt?«

Wie hatte Abigail Craig gesagt? Sie sei in der Bucht ertrunken, zwei Meilen von der Stelle entfernt, wo ihr Vater sein berühmtes Haus hatte. Carella war inzwischen von Hillarys Gaben soweit überzeugt, daß er es für möglich hielt, daß sie von seiner Unterhaltung mit Craigs Tochter nichts gewußt, sondern sich aufgrund ihrer übersinnlichen Fähigkeiten in diese Aussage hineingefühlt hatte.

Ein Rest Skepsis allerdings war geblieben. Hillary kannte natürlich das Buch, das Craig über dieses Haus geschrieben hatte. Man durfte wohl davon ausgehen, daß er das Haus selbst und auch seine geographische Lage genau geschildert hatte.

»Die zwei Meilen sagen noch nichts über die Richtung aus«, meinte er. »Ich habe wirklich keine Lust, noch weiter ins Land hineinzufahren.«

»Nein, wir kommend daran vorbei«, wiederholte Hillary.

»Schreibt er das in seinem Buch?«

»Ich habe das Haus erkannt, als wir vorhin daran vorbeigefahren sind.«

»Das ist keine Antwort auf meine Frage.«

»Nein, er hat in seinem Buch nicht genau beschrieben, wo es steht.«

»Warum haben Sie dann nicht vorhin schon etwas gesagt?«

»Weil das Feld so stark war.«

»Welches Feld?«

»Das elektromagnetische Feld.«

»So stark, daß es Sie zum Schweigen gebracht hat?«

»So stark, daß ich Angst hatte.«

»Aber in der Bucht hatten Sie keine Angst, oder? Als wir nämlich an der Bucht vorbeifuhren...«

»In der Bucht ist sie nur ertrunken, aber das Haus...« Sie fröstelte und machte sich ganz klein in ihrem Zottelmantel. Er hatte noch nie jemanden mit den Zähnen klappern hören und die Redensart immer für dichterische Übertreibung gehalten. Aber Hillarys Zähne schlugen tatsächlich aufeinander, er hörte es deutlich über dem Summen des Motors.

»Was ist mit dem Haus?« fragte er.
»Ich muß es sehen. Dort hat alles angefangen.«
»Was hat dort angefangen?«
»Die vier Morde.«
»Vier?« wiederholte Carella. »Es waren doch nur drei.«
»Vier«, bestätigte sie.
»Gregory Craig, Marian Esposito, Daniel Corbett...«
»Und Stephanie Craig«, ergänzte Hillary Scott.

9

Das Haus lag am Strand, knapp zwei Meilen von der Bucht entfernt. Carella stellte den Wagen auf der schneebedeckten, von dürren Büschen und Dünengras flankierten Einfahrt ab. Links neben der Haustür stand eine einsame Fichte, mit von Schneelast gebeugten Zweigen, wie ein hochgewachsener napoleonischer Soldat vor dem winterlichen Moskau. Das Haus war grau in grau getönt: verwitterte graue Schindeln an den Wänden, dunkelgraue Schindeln auf dem Dach, Tür, Fensterläden und -rahmen grau gestrichen. Ein Backsteinschornstein am Nordteil des Hauses war wie ein blutrotes Ausrufezeichen vor dem Grau des Hauses und dem Weiß der wirbelnden Flocken. Diesmal hatte Carella an die Taschenlampe gedacht. Er leuchtete ein kleines Schild an, das in dem Fenster neben der Tür stand. Das Haus war zu vermieten oder zu verkaufen. Außer dieser Mitteilung waren Name und Adresse eines Grundstücksmaklers angegeben. Er ließ den Strahl der Taschenlampe weiterwandern und fand den abgegriffenen Türknauf. Die Tür war abgeschlossen.

»Pech gehabt«, meinte er.

Hillary legte die Hand auf den Knauf und schloß die Augen. Er wartete. Man wußte nie, was passieren würde, wenn sie damit anfing. Eine Schneeflocke landete in seinem Nacken, schmolz und rieselte ihm naß den Rücken herunter.

»Es gibt eine Hintertür«, sagte sie.

Durch den tiefen Schnee stapften sie an einer Brombeerhecke entlang nach hinten. Eine graue Veranda bot einen Ausblick auf das graue Meer. Die Doppeltür war schon fast zugeweht. Carella schob den Schnee mit dem Fuß beiseite, bekam mit einiger Mühe die Doppeltür auf und drehte den Türknauf der inneren Tür.

»Auch abgeschlossen«, stellte er fest. »Fahren wir zurück.«

Hillary streckte die Hand nach dem Knauf aus. Carella seufzte. Es kam ihm vor, als halte sie sich eine kleine Ewigkeit an dem Türknauf fest, während der Wind heulte und wütend gegen die hin und her schwingende Doppeltür schlug. Endlich ließ sie los. »Der Schlüssel ist hinter der Regenrinne«, sagte sie.

Carella ließ den Lichtstrahl über die Regenrinne wandern, die sechzehn Zentimeter über dem Boden aufhörte. An ihrer Rückseite war einer jener kleinen magnetischen Schlüsselhalter angebracht, die den Einbrechern das Leben so leichtmachen. Carella öffnete den Deckel des Metallbehälters, nahm einen Schlüssel heraus und steckte ihn ins Schloß. Er ließ sich mühelos drehen. Die Tür öffnete sich. Carella tastete rechts von der Tür an der Wand herum, bis er den Schalter gefunden hatte, und machte Licht. Hillary schloß hinter ihnen die Tür.

Sie hatten ein Wohnzimmer im typischen Strandhauslook vor sich. An der Fensterwand, die aufs Meer hinausging, stand ein Sofa mit geblümten Polstern. Zwei Sessel, die nicht zueinander paßten, standen davor wie häßliche Freier, die um die Hand einer Prinzessin anhalten. Zwischen Sofa und Sesseln lag ein fleckiger ovaler Webteppich, darauf stand ein rustikaler Couchtisch. An der gegenüberliegenden Wand machte sich ein Klavier breit. Eine Tür führte in die Küche, die andere in eine Speisekammer, über eine Treppe kam man ins Obergeschoß.

»Das ist es nicht«, sagte Hillary.

»Was soll das heißen?«

»Das ist nicht das Haus, über das Greg geschrieben hat.«

»Aber ich dachte...«
»Ich sagte, daß es hier angefangen hat. Aber das ist nicht das Haus aus den *Tödlichen Schatten*.«
»Woher wissen Sie das?«
»Hier gibt es keine Gespenster«, sagte sie nüchtern. »In diesem Haus hat es nie Gespenster gegeben.«
Trotzdem durchsuchten sie es bis in den letzten Winkel. Hillary wirkte jetzt ganz unbeteiligt, fast distanziert, wie eine Ehefrau, der von ihrem Mann eine unwillkommene Behausung aufgeredet werden soll. Dann kamen sie in den Keller, und hier – Carella gewöhnte sich langsam an ihre jähen Stimmungsumschwünge –, blieb sie heftig zitternd vor einer geschlossenen Tür stehen. Entschlossen schob sie dann den primitiven Riegel zurück. Sie betraten einen Raum, an dessen Wänden sich Regale entlangzogen. Es war der Heizungsraum. Carella spürte erst jetzt, wie kalt es im Haus gewesen war. Seine Füße waren wie Eisklumpen, seine Hände erstarrt. In einem Regalfach lagen eine Tauchermaske, ein Paar Schwimmflossen, ein Sauerstofftank. Hillary trat an das Regal heran, aber sie berührte nichts. Sie wich angstvoll zurück, wie vor dem Boot in der Grotte.
»Nein, o Gott, nein«, stieß sie hervor.
Carella spürte, daß es mit diesem Raum etwas Besonderes auf sich hatte, aber er reagierte nicht wie Hillary mit jähem Erschrecken, sondern nüchtern und sachlich. Immerhin war er Kriminalbeamter in

einer der größten Städte der Welt, er besaß jahrelange Erfahrungen, er kannte sich aus in Spekulationen und Deduktionen. Stephanie Craig, eine erfahrene Schwimmerin, war bei auffallend ruhiger See in der Bucht ertrunken. Zumindest ein Zeuge hatte davon gesprochen, es habe so ausgesehen, als habe sie ein Hai oder ein anderer Fisch von unten gepackt und heruntergezogen. Im Keller des Hauses, das ihr Ex-Ehemann, Gregory, in jenem Sommer bewohnt hatte, befand sich eine Taucherausrüstung. War es nicht möglich ...

»Es war Greg«, sagte Hillary. »Greg hat sie ermordet.«

In den *Hampstead Arms* bekamen sie für die Nacht zwei Zimmer mit einer Verbindungstür. Während Carella mit Riverhead sprach, hörte er auch Hillary nebenan telefonieren. Er wußte nicht, mit wem sie sprach. Er wußte nur, daß sie sich auf der Rückfahrt geweigert hatte, ihren Vorwurf näher zu begründen. Fanny meldete sich.

»Guten Abend, Fanny. Ich stecke hier fest.«

»Was heißt ›hier‹?« fragte Fanny.

»Cotton sollte euch doch anrufen ...«

»Cotton? Der hat sich nicht gemeldet.«

»Ich bin in Massachusetts.«

»Und darf man fragen, was du in Massachusetts zu suchen hast?« erkundigte sich Fanny.

»Ich besichtige Gespensterhäuser.«

»Ich kann deinen italienischen Humor nicht besonders komisch finden«, sagte Fanny. »Teddy kriegt einen Schlag, wenn sie das erfährt. Sie denkt schon, jemand hätte dich in einer dunklen Gasse kaltgemacht.«

»Sag ihr, daß es mir gutgeht, und daß ich mich morgen früh noch einmal melde.«

»Das wird sie nicht milder stimmen.«

»Dann sag ihr, daß ich sie liebe.«

»Wenn das stimmt, möchte ich wissen, was du in Massachusetts treibst.«

»Ist bei euch sonst alles in Ordnung?«

»Alles bestens.«

»Kein Schnee mehr?«

»Nicht eine Flocke.«

»Hier haben wir schon sechzehn Zentimeter.«

»Geschieht dir recht«, sagte Fanny und legte auf.

Er rief Hawes an, der Dienst hatte. »Du solltest doch meiner Frau ausrichten, daß ich nach Massachusetts gefahren bin.«

»Ach, du ahnst es nicht«, stöhnte Hawes.

»Du hast es verschwitzt.«

»Du glaubst ja nicht, was hier los ist. Drei Gangster haben versucht, die Bank, Ecke Culver und Tenth, zu überfallen. Als die Alarmanlage losging, haben sie sich eingeschlossen und Widerstand geleistet. Gegen vier haben wir sie endlich rausgekriegt.«

»Ist jemand verletzt?«

»Einer der Kassierer hatte einen Herzanfall, aber

mehr ist nicht passiert. Gut, daß du anrufst. Wir haben einen Hinweis auf den Schmuck. Ein Pfandleiher hat hier angerufen, während ich mich damit amüsiert habe, Räuber und Gendarm zu spielen. Er hat Ecke Ainsley und Third seinen Laden...«

»Ja und?«

»Als ich kam, habe ich sofort zurückgerufen. Heute nachmittag war ein Typ da, der versucht hat, den Brillantanhänger loszuschlagen. Moment, da ist eine Liste.« Es gab eine kleine Pause. Carella sah förmlich, wie Hawes mit dem Finger an der Liste entlangfuhr, die Hillary Scott ihnen gegeben hatte. »Ja, hier haben wir's: birnenförmiger Brillantanhänger, platingefaßt, mit einer 36 Zentimeter langen, achtzehnkarätigen Goldkette.«

»Wert?«

»Dreitausendfünfhundert.«

»Und wer hat den Klunker versetzt?«

»Wollte ihn versetzen. Der Pfandleiher hat sechzehnhundert geboten, der Typ war einverstanden, aber als er gebeten wurde, sich auszuweisen, hat er gekniffen. Der Pfandleiher meinte, er wäre ja schon mit einem Führerschein zufrieden gewesen, aber der Typ sagte, er hätte keinen Führerschein.«

»Und wie ging es weiter?«

»Er hat sich den Klunker gegriffen und ist abgezogen.«

»Ist ja großartig«, knurrte Carella.

»Kein Malheur. Sobald er weg war, hat sich der

Pfandleiher unser Rundschreiben gegriffen und den Anhänger auf der Liste gefunden. Und dann hat er bei uns angerufen und...«

»Ich will ja bloß wissen, wie's weitergeht.«

»Er sagt, daß der Typ seine Fingerabdrücke auf der Glasscheibe vom Ladentisch hinterlassen hat, und meinte, das könnte uns vielleicht weiterhelfen. Nicht auf den Kopf gefallen, der Alte.«

»Warst du dort?«

»Bin gerade zurückgekommen. Ich habe die Spurensicherung angesetzt. Sicher, da geben sich täglich Dutzende von Leuten die Klinke in die Hand, aber vielleicht haben wir Glück, Steve.«

»Vielleicht. Wie sah der Kerl aus?«

»Nach der Beschreibung könnte er es sein. Ein junger Mann mit schwarzem Haar und braunen Augen.«

»Wann bekommst du den Bericht von den Kollegen?«

»Sie sind schon schwer dabei.«

»Was soll das heißen? Morgen früh?«

»Ich habe ihnen gesagt, daß es sich um einen Mordfall handelt, vielleicht machen sie ein bißchen Druck dahinter.«

»Okay. Sag mir Bescheid, wenn sich was ergibt. Ich bin in den *Hampstead Arms*, schreib dir mal die Nummer auf.«

Als Carella auflegte, war es kurz vor sechs. Er schlug Hiram Hollisters Privatnummer nach und wählte. Hollister begrüßte ihn freundlich. »Guten Abend, Mr. Carella. Haben Sie gefunden, was Sie suchten?«

»Ja, schönen Dank nochmal. Könnten Sie mir wohl sagen, wer den Bericht über die gerichtliche Untersuchung geschrieben hat?«

»Geschrieben? Meinen Sie getippt?«

»Ganz recht.«

»Das müßte Maude Jenkins gewesen sein. Ja, ja. Vor drei Jahren im Sommer, das war bestimmt Maude.«

»Wo kann ich sie erreichen?«

»Sie steht im Telefonbuch. Unter Harold Jenkins, das ist ihr Mann.«

»Herzlichen Dank, Mr. Hollister.«

Carella griff wieder nach dem Telefonbuch, das einen Harold Jenkins und einen Harold Jenkins jr. enthielt. Unter der ersten Nummer meldete sich ein älterer Mann. Maude sei seine Schwiegertochter, meinte er, und wollte Carella die Nummer geben, aber Carella unterbrach ihn. Die Nummer von Harold Jenkins jr. habe er, sagte er und wählte neu.

»Jenkins.« Eine Männerstimme.

»Mr. Jenkins, ich bin Detective Carella vom 87. Bezirk in Isola. Könnte ich wohl kurz mit Ihrer Frau sprechen?«

»Mit Maude?«

»Ja, Sir.«

»Tja, wenn Sie meinen...«, sagte Jenkins verblüfft. Carella hörte, wie er nach seiner Frau rief. Er wartete. Nebenan hörte er Hillary noch immer telefonieren.

»Hier Detective Carella vom 87. Bezirk in Isola. Ich bin hier in Hampstead, weil ich in einem Mordfall ermittle, und wäre Ihnen dankbar, wenn Sie mir ein paar Fragen beantworten könnten.«

»Ein Mordfall?«

»Ja. Sie haben bei der gerichtlichen Untersuchung im Fall Stephanie Craig vor drei Jahren Protokoll geführt?«

»Ja, das stimmt.«

»Haben Sie den Bericht auch getippt?«

»Ja, ich habe das Stenoprotokoll übertragen und dann auch den Bericht geschrieben.« Sie zögerte einen Augenblick. »Aber es war ein Unfall.«

»Ja, das ersehe ich aus den Akten.«

»Aber – Sie sprachen von einem Mordfall.«

»Es gibt hier möglicherweise einen Zusammenhang.« Carella legte eine kleine Pause ein. Dann fragte er: »Mrs. Jenkins, hatten Sie Grund zu der Annahme, daß Mrs. Craigs Tod unter Umständen kein Unfall war?«

»Nicht den geringsten Grund.«

»Kannten Sie Mrs. Craig persönlich?«

»Ich habe sie ab und zu mal in der Stadt gesehen, aber das war auch alles. Sie war ja nur im Sommer hier. Ihren Mann – oder vielmehr ihren Ex-Mann – kannte ich besser als sie.«

»Sie kannten Gregory Craig?«

»Ja, ich habe für ihn gearbeitet.«

»Was waren das für Arbeiten?«

»Ich habe für ihn geschrieben.«

»Was haben Sie für ihn geschrieben, Mrs. Jenkins?«

»Ein Buch, das er gerade vorbereitete.«

»Was für ein Buch?«

»Sie kennen es bestimmt, es war dieses Buch über Gespenster, das später so ein Knüller geworden ist.«

»Hieß es *Tödliche Schatten*?«

»Als ich es tippte, hieß es noch nicht so.«

»Wie darf ich das verstehen?«

»Damals hatte es gar keinen Titel.«

»Es gab keine Titelseite?«

»Nein, es gab überhaupt keine Seiten. Es war alles auf Band. Es war auch gar kein richtiges Buch. Mr. Craig sprach einfach über dieses verwunschene Haus und erzählte Geschichten über die Gespenster darin. Alles Unsinn. Wieso daraus ein Bestseller werden konnte, ist mir bis heute nicht klar. In dem Haus, das er gemietet hatte, gab es keine Gespenster. Das hat er sich alles aus den Fingern gesogen.«

»Sie kennen demnach das Haus?«

»Letzten Sommer hat es meine Schwester aus Ohio gemietet. Wenn's da Geister gäbe, hätte sie es mir erzählt, darauf können Sie sich verlassen.«

»Dieses Band, das Mr. Craig Ihnen gegeben hat –

haben Sie ihm das zurückgegeben, als Sie mit dem Buch fertig waren?«

»Ich bin nicht fertig geworden, ich kam ungefähr bis zur Hälfte, dann war der Sommer zu Ende, und er fuhr zurück in die Stadt.«

»Wann war das?«

»Im September.«

»Also nach dem Tod seiner Frau«, überlegte Carella laut.

»Ja, sie ist im August ertrunken. Ende August.«

»War Mr. Craig zu der gerichtlichen Untersuchung geladen?«

»Dazu bestand kein Grund. Sie waren ja geschieden. Außerdem war er zu der Zeit schon nicht mehr in Hampstead. Ich weiß nicht mehr genau, wann die Untersuchung war...«

»Am 16. September.«

»Ja, stimmt. Da war er schon weg.«

»Wie weit waren Sie mit dem Buch gekommen, als er abfuhr?«

»Ich sage doch, es war kein richtiges Buch, es war nur ein endloses Gesülze über Gespenster.«

»Mehr oder weniger Notizen für ein Buch, könnte man es so ausdrücken?«

»Nein, es waren mehr Geschichten als Notizen. Über flackernde Kerzen und Türen, die offenstanden, nachdem sie vorher sorgfältig zugeschlossen worden waren, und so Sachen. Gespenstergeschichten eben.«

»Mr. Craig erzählte also auf diesem Band Gespenstergeschichten.«

»Ja, und zwar mit einer ganz gruseligen Stimme. Richtig dramatisch hat er das dargestellt, wie er mitten in der Nacht aufwacht und die Frau vom Boden kommen hört und eine Kerze nimmt und in die Diele geht und sie da stehen sieht. War natürlich alles Blödsinn, aber unheimlich war's doch.«

»Die Geschichten, meinen Sie.«

»Ja, und seine Stimme auch.«

»Meinen Sie mit unheimlich...«

»Ein bißchen kratzig. Mr. Craig rauchte stark, und seine Stimme war immer ein bißchen rauh, aber nicht so wie auf dem Band. Er hat wohl ein bißchen auf Schau gemacht. Fast wie ein Darsteller, der im Fernsehen eine Geistergeschichte erzählt. Es hat sich besser angehört, als es sich dann schwarz auf weiß gelesen hat, das kann ich Ihnen sagen.«

»Haben Sie *Tödliche Schatten* gelesen?«

»Es würde mich wundern, wenn es hier in Hampstead jemanden gäbe, der es nicht gelesen hat.«

Bis auf Hiram Hollister, dachte Carella.

»Entsprach der Inhalt dem Text, den Sie vom Band geschrieben hatten?«

»Na ja, ich habe ja nicht alles getippt...«

»Ich meine den Teil, den sie selber getippt haben.«

»Ich hatte keine direkte Vergleichsmöglichkeit, aber aus dem Gedächtnis würde ich sagen, daß es genau der Text war, den ich getippt habe.«

»Und Sie haben ihm das Band zurückgegeben, ehe er Hampstead verließ.«

»Ganz recht.«

»Wie lang war das Band?«

»Es war eine Zweistundenkassette.«

»Wieviel davon hatten Sie getippt, ehe er abfuhr?«

»Etwa die Hälfte.«

»Also ungefähr eine Stunde?«

»Ja, ungefähr.«

»Wie viele Seiten waren das?«

»Knapp fünfzig.«

»Dann müßte das vollständige Band etwa hundert Seiten umfassen.«

»Mehr oder weniger.«

»Mrs. Jenkins, ich selbst habe das Buch nicht gelesen. Können Sie sich erinnern, wie lang es war?«

»Sie meinen die Seitenzahl?«

»Ja.«

»Es war ein ziemlich dicker Schmöker.«

»Dicker als hundert Seiten?«

»Viel dicker. An die dreihundert Seiten.«

»Dann muß es noch weitere Bänder geben.«

»Davon weiß ich nichts. Mir hat er nur das eine Band gegeben.«

»Wie kam der Kontakt zwischen Ihnen zustande?«

»Ich schreibe auch für andere Autoren, hier sind im Sommer immer viele Schriftsteller. Wahrscheinlich hat jemand mich empfohlen.«

»Hatten Sie vorher schon für ihn gearbeitet?«

»Nein, das war das erstemal.«

»Und einen Titel für das Buch gab es, wie Sie sagen, damals nicht.«

»Nein, keinen Titel.«

»Und auf der Kassette selbst stand auch nichts?«

»Ach so, das meinen Sie... Ja, auf dem Etikett stand was, mit Filzstift geschrieben.«

»Was stand darauf?«

»Gespenster.«

»Nur dieses eine Wort?«

»Und sein Name.«

»Craigs Name?«

»Ja. ›Gespenster‹ und dann ›Gregory Craig‹.«

»Dann gab es also damals doch einen Titel.«

»Na ja, wenn Sie das Titel nennen... Aber da stand nicht: ›Von Gregory Craig‹. Es war einfach eine Kennzeichnung für die Kassette, mehr nicht.«

»Vielen Dank, Mrs. Jenkins, Sie haben uns sehr geholfen.«

»Gern geschehen.« Sie legte auf.

In ihrer Trance hatte Hillary immer wieder das Wort »Band« erwähnt, verbunden mit dem Wort »ertrinken«. Sofort hatte er das Bild eines ertrinkenden Opfers vor sich gesehen, dessen Hände oder Füße mit einem Band gefesselt waren. Wahrscheinlich hatte er sich dabei auch dadurch beeinflussen lassen, daß Gregory Craigs Mörder ihm die Hände mit einem Drahtbügel auf dem Rücken gefesselt hatte.

Stephanie Craigs Leiche war, als sie gefunden wurde, weder durch Ketten noch durch Seile, Drähte oder Bänder gefesselt gewesen. Wie sich jetzt herausstellte, war eine ganz andere Art von Band im Spiel. Aber Carella konnte einfach nicht vergessen, daß Hillary in Verbindung mit ihren Worten vom Ertrinken auch von einem Band gesprochen hatte.

Sie betrat jetzt sein Zimmer, ohne zu klopfen. Ihr Gesicht war gerötet, ihre Augen funkelten.

»Ich habe gerade mit einer gewissen Elise Blair telefoniert«, sagte sie. »Ihr gehört das Maklerbüro, dessen Adresse in dem Haus, das Greg gemietet hatte, auf dem Zettel stand.«

»Was ist mit dieser Elise Blair?« fragte Carella.

»Ich habe ihr das Haus beschrieben, das in Gregs Buch vorkommt. Sie kennt es. Vor drei Sommern war es an einen Mann aus Boston vermietet. Sie selbst hat das Geschäft nicht abgeschlossen, aber sie wird sich bei einer Kollegin erkundigen und sich Name und Adresse des Mannes geben lassen, falls es Sie interessiert.«

»Warum sollte es mich interessieren?« fragte Carella.

»Weil es das Haus aus den *Tödlichen Schatten* ist, verstehen Sie denn das nicht?«

»Nein, tut mir leid.«

»Es war das Haus, über das Greg geschrieben hat.«

»Na, und?«

»Aber nicht er hat in diesem Haus gelebt, sondern ein ganz anderer Mann«, erklärte Hillary. »Ich will dieses Haus sehen. Ich muß mich davon überzeugen, ob in diesem Haus tatsächlich Gespenster wohnen.«

10

Das Maklerbüro, das vor drei Jahren das bewußte Haus an jenen Unbekannten aus Boston vermittelt hatte, entpuppte sich als das Hinterzimmer eines Privathauses auf der Main Street. Sally Barton, die das Büro betrieb, schien großen Spaß daran zu haben, ihre detektivischen Fähigkeiten unter Beweis stellen zu können. Sie habe sofort gewußt, erklärte sie, daß es sich bei dem Haus in Craigs Buch um das alte Loomis-Haus gehandelt habe. Er hatte nie nähere Angaben zur Lage gemacht, hatte auch die Stadt Hampstead nicht erwähnt – worüber sie wohl ganz froh sein konnten –, aber sie wußte, daß es das Loomis-Haus war. »Frank Loomis mochte das Meer so gern«, sagte sie, »und in das Haus hat er sich verliebt, als er noch in Salem wohnte. Er hat es bis zum letzten Nagel dort abtragen und hier wieder aufbauen lassen.«

»Meinen Sie das Salem hier in Massachusetts?« fragte Carella.

»Ja«, bestätigte Mrs. Barton. »Eben das Salem, in dem 1692 die Hexen aufgehängt worden sind.«

Sie gab ihnen den Hausschlüssel. Im letzten Sommer, erzählte sie, habe sie das Haus nicht vermieten können, das habe aber nichts mit Gregorys Gespenstern zu tun gehabt. Außerhalb von Hampstead wußte kaum jemand, daß es sich um das Haus handelte, das er in seinem Buch berühmt gemacht hatte.

»Wie er das überhaupt hingekriegt hat, ist mir ein Rätsel«, sagte sie. »Erst behauptet er, es ist eine wahre Geschichte, dann verrät er niemandem, wo das Haus tatsächlich steht. Angeblich wollte er die Beteiligten schützen. Aber was heißt hier Beteiligte? Frank Loomis ist seit fünfzig Jahren tot, seine beiden Söhne wohnen in Kalifornien; ob es im Haus Gespenster gibt, ist denen schnuppe. Hauptsache, es wird vermietet. Na ja, vielleicht hatte er Angst vor rechtlichen Komplikationen.«

»Können Sie mir sagen, wer das Haus im Sommer vor drei Jahren gemietet hatte?« fragte Carella.

»Ja, ich habe gleich nachgesehen. Der Mann hieß Jack Rawles.«

»Wie sah er aus?«

»Eigentlich recht sympathisch, Ende zwanzig, würde ich sagen, schwarzes Haar, braune Augen.«

»Und die Adresse?«

Sie hatte die Anschrift auf einen Zettel geschrieben. Commonwealth Avenue, Boston, las Carella. »Das Haus läßt sich nicht so leicht vermieten«, fuhr sie fort. »Frank hat es nie modernisiert. Sicher, Strom ist da, aber geheizt werden kann es nur über die drei Kamine. Einer ist im Wohnzimmer, einer in der Küche, und einer heizt oben die Schlafzimmer. Im Sommer geht's ja noch, aber im Winter ist es der reinste Eisschrank. Wollen Sie es wirklich besichtigen? Angeblich geistert da eine tote Frau herum, die ihren Mann sucht.«

An einer Tankstelle kaufte Carella Schneeketten und ließ sie gleich montieren, während er und Hillary etwas aßen. Es schneite noch, als sie um sieben die Stadt verließen. Die Hauptstraßen waren geräumt, aber er war froh über die Ketten, als sie auf die Seitenstraße einbogen, die zum Strand führte. Der Wagen quälte sich durch den hohen Schnee. Zweimal wären sie beinahe steckengeblieben. Als er das alte Haus sah, das sich direkt am Meer erhob, atmete er erleichtert auf. Dem Strahl der Taschenlampe folgend, kämpften sie sich zur Haustür vor.

»Ja«, sagte Hillary. »Das ist es.«

Von der Haustür kam man in eine kleine Diele, von der aus die Treppe ins Obergeschoß führte. Carella betätigte den Lichtschalter rechts neben der Tür, aber nichts geschah.

»Wahrscheinlich hat der Schnee einen Lichtmast umgeworfen«, vermutete Carella und leuchtete die Stufen nach oben und die kleine Diele ab. Rechts führte eine Tür in eine Küche mit schweren alten Deckenbalken, links war das Wohnzimmer, eine richtige gute Stube aus alter Zeit. Auf dem Kaminsims standen zwei Kerzen in Zinnleuchtern. Da er nicht rauchte, bat er Hillary um ein Streichholz und zündete die Kerzen an.

Er sah jetzt, daß das Zimmer mit schönen alten Möbeln eingerichtet war. So etwas bekam man heute überhaupt nicht mehr oder nur zu horrenden Preisen im Antiquitätenhandel. Mehrere Petroleumlampen waren im Raum verteilt, die er ebenfalls anzündete. Das schöne alte Holz der Täfelung und der Möbel erwachte zu warmem, leuchtendem Leben. Wenn es in diesem Haus Gespenster gab, mußten sie sich hier recht behaglich fühlen. In einem Messingbehälter am Kamin fand er mehrere verblaßte, bis zu zwei Jahre alte Exemplare der *Hampstead News*. Er riß sie in kleine Stücke und machte Feuer im Kamin. Die Kälte wich und damit auch die leise Angst, es könnten plötzlich Poltergeister aus der Täfelung springen. Draußen pfiff der Wind vom Meer herüber, die Fensterläden klapperten, aber das Feuer knisterte jetzt beruhigend, Lampen und Kerzen verbreiteten ein mildes Licht, und was dort auf dem Rost tanzte, das waren höchstens ein paar Feuergeister. Carella ging in die Küche, entzündete Kerzen und Lampen und machte auch dort Feuer im Kamin.

In einem der Küchenschränke fand er eine fast volle Flasche Scotch. Die Eiswürfelbehälter im Kühlschrank waren leer, und das Wasser war abgestellt. Er wandte sich mit der Flasche und zwei Gläsern zum Gehen, als er sah, daß die Küchentür nur angelehnt war. Er stellte Gläser und Flasche ab, ging zur Tür und machte sie ganz auf. Die äußere Tür war geschlossen, aber der primitive Riegel nicht vorgeschoben. Er holte das nach, dann sah er sich das Schloß an der Küchentür genauer an. Es war ein ganz einfaches Schnappschloß, das jeder Amateureinbrecher in Sekunden mit einem Zelluloidstreifen, einer Messerklinge oder einer Kreditkarte aufbekommen hätte. Trotzdem schloß Carella jetzt ab, drehte noch einmal den Türknauf, dann ging er mit der Flasche Scotch und den beiden Gläsern ins Wohnzimmer. Hillary stand vor dem Kamin. Sie hatte den Waschbärpelz und auch die grüne Strickjacke ausgezogen und hielt die Hände über die Flammen.

»Möchten Sie einen Schluck?« fragte er.

»Ja, bitte.«

»Wir müssen ihn pur trinken«, sagte er. Dann goß er zwei großzügige Portionen ein, stellte die Flasche auf den Kaminsims, hob sein Glas und nahm einen Schluck. Der Alkohol rann ihm wie Feuer bis zu den Zehenspitzen.

»Haben Sie schon das erste Gespenst gesehen?« fragte er.

»Noch nicht.«

»Würden Sie es denn als Gespenst erkennen?«

»Bestimmt.«

»Sind Sie schon mal Gespenstern begegnet?«

»Nein, aber ich weiß, was es mit diesem Phänomen auf sich hat.«

»Könnten Sie es mir erklären?«

»Das wäre nur Zeitverschwendung, Sie glauben mir ja doch nicht.«

Carella zuckte die Schultern. »Dann erzählen Sie mir wenigstens etwas über Craigs Arbeitsgewohnheiten. An dem Tag, als er ermordet wurde, war ein Blatt Papier in seine Maschine eingespannt. Hat er seine Texte immer getippt? Oder hat er auch mal etwas mit der Hand geschrieben?«

»Nein, nie.«

»Hat er manchmal diktiert?«

»Einer Sekretärin, meinen Sie? Nein.«

»Hat er auch mal etwas auf Band gesprochen?«

Das Wort schien von den Wänden widerzuhallen. Er hatte ihr noch nicht erzählt, daß Maude Jenkins im Sommer vor drei Jahren einen Teil von Craigs Buch nach einer besprochenen Zweistundenkassette geschrieben hatte. Ein Kaminscheit rutschte zur Seite, Funken stoben, das Feuer prasselte.

»Nicht, daß ich wüßte«, antwortete Hillary auf seine Frage.

»Wie war seine Stimme?«

»Gregs Stimme?«

»Ja. Er war ein starker Raucher. War seine Stimme heiser oder...« Er suchte nach einem anderen Wort, griff schließlich zu dem Ausdruck, den

Maude Jenkins gebraucht hatte. »Würden Sie sagen, daß er eine kratzige Stimme hatte?«

»Nein.«

»Ein Teil der *Tödlichen Schatten* war auf Band«, erklärte er jetzt. »Etwa hundert Seiten. Gab es...«

»Woher wissen Sie das?«

»Ich habe mit der Frau gesprochen, die den Text getippt hat. Gab es noch weitere Bänder? Das gedruckte Buch hatte etwa dreihundert Seiten, nicht wahr?«

»Fast vierhundert.«

»Wo sind die Bänder? Wenn der erste Teil auf Band war...«

»Ich habe nie irgendwelche Bänder gesehen«, erklärte Hillary.

»Wer hat die Reinschrift getippt?«

»Das weiß ich nicht. Als Greg die *Tödlichen Schatten* schrieb, kannten wir uns ja noch nicht.«

»Wer tippt normalerweise seine Texte?«

»Er hat in letzter Zeit nichts schreiben lassen. Die Arbeit an dem neuen Buch war noch nicht abgeschlossen, es wäre sinnlos gewesen, jetzt schon eine Reinschrift anzufertigen.«

»Könnte Daniel Corbett etwas von den Bändern gewußt haben?«

»Dazu kann ich nichts sagen«, erklärte Hillary. Und dann erloschen die Kerzen auf dem Kaminsims.

Carella spürte einen plötzlichen Zug im Raum und

wandte sich rasch zur Haustür, weil er dachte, der Sturm hätte sie aufgedrückt. Er konnte durch die Zimmertür in die kleine Diele sehen. Die Haustür war geschlossen. Trotzdem ging er hin und überprüfte das Schloß, das fest eingeschnappt war. Er ging in die Küche. Die Petroleumlampen auf dem Kaminsims und auf dem Ablaufbrett brannten noch, aber die Kerzen waren auch hier ausgegangen. Und die Küchentür stand offen.

Er starrte die Tür an. Er war allein im Raum. Von den Kerzen stiegen noch dünne Rauchfäden zur Balkendecke hoch. Er stellte sein Glas auf den Küchentisch, ging zur Tür, besah sich das Schloß. Der Flügelbolzen war gedreht worden, der Schnapper steckte im Schließmechanismus. Die äußere Tür war geschlossen, aber der Riegel war wieder zurückgeschoben. Er hörte einen Laut hinter sich, fuhr herum. Hillary stand in der Küchentür.

»Sie sind da«, flüsterte sie.

Schweigend schloß er beide Türen und wollte gerade die Kerzen wieder anzünden, als die Petroleumlampe auf dem Ablaufbrett sich plötzlich in die Luft erhob und zu Boden fiel. Herauslaufendes Petroleum entzündete sich. Carella trat die Flammen aus. Dann spürte er wieder einen Luftzug und wußte, daß etwas dicht an ihm vorbeigegangen war.

Er erzählte niemandem etwas von dem, was dann geschah. Den Kollegen nicht, weil er wußte, daß sie sich bei einer Schießerei auf einen Spinner wie ihn nie wieder verlassen würden. Teddy nicht, weil er wußte, daß auch sie ihm nie wieder voll vertrauen würde. Er wandte sich Hillary zu – und sah die Gestalt hinter ihr. Es war eine Frau in langem Kleid, mit einer Schürze darüber und einem altmodischen Hut auf dem Kopf. Ihre Augen waren tieftraurig, die Hände hatte sie über der Brust gefaltet. Ihr plötzliches Erscheinen wäre erschreckend genug gewesen; schlimmer war, daß Carella durch sie hindurch in die Diele sehen konnte. Im gleichen Augenblick sah auch Hillary sich um. Entweder spürte sie die Gestalt hinter sich, oder sie hatte Carella angesehen, daß jemand hinter ihr stand. Die Frau verschwand sofort, oder vielmehr wurde sie von einem jähen Windstoß ergriffen, der sie in die Diele hinaus- und die Treppe hinauftrug. Sie schleifte ein leises Stöhnen hinter sich her wie eine Schleppe. »John«, flüsterte es im Treppenhaus, verhallte in der kalten, dumpfen Luft.

»Gehen wir ihr nach«, sagte Hillary.

»Hören Sie, ich glaube...«, setzte Carella an.

»Kommen Sie.« Hillary ging entschlossen zum Treppenhaus.

Carella stand der Sinn nicht sehr nach einer Konfrontation mit einer ruhelosen Seele, die nach ihrem John suchte. Was machte man, wenn man einem Gespenst gegenüberstand? Ein Kruzifix hatte er seit Jahren nicht mehr in der Hand gehabt, und einen Kranz von Knoblauchzehen hatte er zum letztenmal als Kind um den Hals getragen, als er mit einer Lungenentzündung im Bett gelegen hatte und seine Großmutter den bösen Blick hatte abwenden wollen. Außerdem war es noch sehr die Frage, ob man Gespenster ebenso behandeln durfte wie Vampire, denen man ja angeblich einen Pfahl ins Herz stoßen mußte, damit sie ins Totenreich zurückkehrten. Hatten Gespenster Herzen? Oder überhaupt Eingeweide? Was, zum Teufel, war ein Gespenst? Und außerdem – wer glaubte heutzutage noch an Gespenster.

Carella glaubte in diesem Augenblick an sie.

Seit dem Tag, an dem er einen mit einer Axt bewaffneten Wahnsinnigen gestellt hatte, der sich sabbernd, mit weit aufgerissenen Augen, eine blutige abgehackte Hand in der Linken, auf den wie erstarrt dastehenden Carella stürzte, hatte er sich nicht mehr so gefürchtet. Er hatte dann sechsmal geschossen, bis der Kerl umgefallen war und die geschwungene Axt an Carella vorbeizischte, ohne ihn zu treffen. Aber Gespenster konnte man wohl nicht so ohne weiteres erschießen. Carella hatte keine große Neigung, ins Obergeschoß hinaufzugehen. Aber Hillary war schon halb oben, und einen Waschlappen mochte er sich auch nicht nennen lassen. Warum eigentlich nicht, dachte er. Soll sie mich doch für einen Waschlappen halten, was kratzt das mich? Ich habe Angst vor Gespenstern. Dieses Haus ist Balken für Balken aus Salem hierhergebracht worden, aus Salem, wo sie die Hexen aufgeknüpft haben, und eben habe ich eine Person gesehen, die wie eine dieser Frauen angezogen war, Rebecca Nurse oder Sarah Osborne oder Goody Proctor oder wie sie alle hießen, und die nach einem John gerufen hat, dabei sind nur wir hier. Wir – Waschlappen. Er sah Hillary um eine Biegung im Treppenhaus verschwinden, und dann hörte er sie schreien. Er zog seine Waffe und war mit ein paar Sätzen oben.

Hillary, die couragierte Gespensterjägerin, lag ohnmächtig auf dem Boden. Ein unheimliches blaues Licht waberte auf dem Flur. Es war eiskalt. Carella sträubten sich die Haare, noch ehe er die Frauen sah. Es waren vier. Sie trugen Gewänder aus dem späten 17. Jahrhundert. Durch die Frauengestalten hindurch sah er bis zum Fenster am Ende des kleinen Flurs, gegen das der Schnee schlug. Langsam kamen sie auf ihn zu. Sie grinsten. Eine hatte Blut an den Händen. Und dann hörte er plötzlich einen seltsamen Laut. Er kam von weiter oben, wo seiner Schätzung nach der Dachboden sein mußte. Zunächst konnte er sich diesen Laut nicht erklären. Es war ein gleichmäßiges Pochen, wie ein gedämpfter Herzschlag. Die Frauen blieben stehen, als sie das Geräusch hörten. Dann hoben sie wie auf Befehl die Köpfe zur Balkendecke. Das Geräusch wurde lauter, aber noch immer konnte er nicht erkennen, was es war. Die Frauen drängten sich enger zusammen, es schien, als ob sie ineinander verschmolzen.

Und dann verschwanden sie ganz, wurden von eben jenem Windstoß weggefegt, der auch die Erscheinung unten gebannt hatte.

Carella horchte. Wenn man genau hinhörte, war das Geräusch eher wie ein dumpfer Aufprall, langsam und gleichmäßig, als ob...

Und jetzt wußte er, was es war.

Jemand ließ einen Ball auf dem Boden aufschlagen.

Er blieb vor der Tür zur Bodentreppe stehen und zögerte. Sollte er hinaufgehen? Vielleicht war da ein Mensch, der mit Lichtern und Windmaschinen Tricks produzierte, der Gespenster erscheinen ließ, ein Theater des Übernatürlichen inszenierte, um einem Medium das Bewußtsein zu rauben und einen erfahrenen Kriminalbeamten das Fürchten zu lehren. Es gibt keine Gespenster, sagte er sich – und hatte doch schon fünf gesehen. Er hielt seine Waffe schußbereit und stieg die Treppe zum Boden hinauf. Die Stufen knarrten unter seinem vorsichtigen Schritt. Irgendwo über ihm schlug unentwegt der Ball auf.

Sie stand ganz nah an der Treppe und war nicht älter als seine Tochter April. Sie trug ein langes graues Kleid und einen ausgeblichenen Sonnenhut. Sie lächelte ihn an, während sie ihren Ball aufschlagen ließ, und leierte im Rhythmus des Ballspiels immer wieder etwas vor sich hin. Die Worte hallten im Treppenhaus wider. Es dauerte einen Augenblick, bis Carella den monotonen Singsang verstanden hatte. Der Ball schlug auf, und das Mädchen lächelte, und die Worte »Hängt sie, hängt sie« wehten zu ihm nach unten, während die Pistole in seiner Hand zitterte. Die Luft um das Kind herum schimmerte, der Ball begann zu irisieren. Sie trat einen Schritt näher an die Treppe heran. Den Ball hatte sie jetzt in der Hand. Carella wich zurück, verlor unvermittelt den Halt und stürzte rücklings die Stufen hinunter. Er hörte ihr Lachen über sich – und wieder das monotone Aufschlagen des Balles.

Mühsam kam er hoch, zielte die Treppe hinauf, aber das Kind war verschwunden. Im Dachboden hing ein schwacher bläulicher Schimmer. Beim Fallen hatte er sich den Ellbogen gestoßen, es tat gemein weh. Er zerrte Hillary hoch, hob sie mühsam auf und trug sie die Treppe hinunter. Oben hörte er noch immer den Ball aufschlagen. Er schleppte Hillary zum Wagen. Schneeflocken legten sich auf ihre reglose Gestalt, bis sie aussah wie eine in ein Leintuch gehüllte Tote. Er setzte sie auf den Beifahrersitz und ging zurück ins Haus, aber nur, um die Mäntel zu holen. Noch immer schlug auf dem Dachboden der Ball auf.

Er hatte das Geräusch im Ohr, als er das Haus verließ und durch den tiefen Schnee zum Wagen stapfte. Er hörte es über dem Anspringen des Motors. Weder das Heulen des Windes noch der Aufprall der Brandung vermochten es zu übertönen. Und er wußte: Wann immer in Zukunft ihn etwas erschrekken, wann immer eine unbekannte, schwarze Angst nach ihm greifen würde, würde er das Geräusch des Balles hören, den das kleine Mädchen in dem grauen Kleid auf dem Dachboden aufspringen ließ.

Es war kurz vor zehn, als sie ins Hotel zurückkamen. Der Nachtportier hatte eine Nachricht für Carella. »Calvin Horse hat angerufen«, las er. »Bitte zurückrufen.« Er bedankte sich bei dem Portier, ließ sich die Schlüssel zu beiden Zimmern geben und führte Hillary zum Aufzug. Sie hatte, seit sie im Wagen wieder zu sich gekommen war, noch kein Wort gesagt. Während er bei ihr aufschloß, machte sie endlich wieder den Mund auf. »Gehen Sie sofort schlafen?« fragte sie.

»Noch nicht gleich.«

»Möchten Sie noch was trinken?«

»Ich muß erst telefonieren.«

»Ich sage dem Zimmerservice Bescheid. Was möchten Sie?«

»Einen Irish Coffee.«

»Gute Idee. Kommen Sie herüber, wenn Sie soweit sind.« Sie öffnete die Tür und verschwand in ihrem Zimmer. Er schloß sein Zimmer auf, zog den Mantel aus, setzte sich auf die Bettkante und rief Hawes an, der inzwischen zu Hause war.

»Cotton, hier Steve. Was gibt's Neues?«

»Guten Abend, Steve. Moment, ich will nur die

Stereoanlage leiser stellen.« Carella wartete. Dann war Hawes wieder am Apparat. »Wo warst du denn? Ich habe schon dreimal angerufen«, sagte er.

»Wir haben uns ein bißchen umgesehen«, sagte Carella und fröstelte unwillkürlich. »Jetzt schieß los.«

»Die Spurensicherung hat in dem Leihhaus jede Menge Fingerabdrücke gefunden. Einige sollen sehr gut sein, sie sind schon drüben beim Erkennungsdienst. Bis morgen früh wissen wir mehr.«

»Gut. Was noch?«

»Unser Mann hat es wieder versucht. Diesmal wollte er die goldenen Ohrringe mit den Perlen loswerden, in einem Leihhaus Ecke Culver und Eighth. Sie sind nach Hillary Scotts Liste so um die sechshundert Dollar wert.«

»Wie hat er das gemacht?«

»Diesmal war er vorbereitet und hat gleich gesagt, er habe keinen Führerschein. Der Pfandleiher hätte auch seine Versicherungskarte akzeptiert, aber die, behauptete unser Mann, habe er zu Hause gelassen. Statt dessen zog er einen an ihn gerichteten gestempelten Brief hervor. Adresse: McGrew Street 1620. Der Name auf dem Umschlag lautete James Rader. Der Pfandleiher schöpfte Verdacht, weil es ganz so aussah, als ob Name und Adresse ausradiert und übertippt worden waren. Er hätte den Umschlag sowieso nicht als Legitimation akzeptiert, aber nun war er natürlich erst recht mißtrauisch und ging ins

Hinterzimmer, um mal eben einen Blick in unser Rundschreiben zu werfen. Als er wieder herauskam, war der Kerl samt den Ohrringen weg.«

»Habt ihr etwas über James Rader in Erfahrung gebracht?«

»Im Telefonbuch steht er nicht, ich lasse den Namen gerade durch den Computer laufen. Wahrscheinlich ist er aber frei erfunden. Ich habe auch den Umschlag ans Labor geschickt. Vielleicht sind Abdrücke darauf, die sie mit den anderen vergleichen können.«

»Und die Adresse?«

»Die gibt es überhaupt nicht.«

»Schau mal nach, was über einen gewissen Jack Rawles vorliegt«, bat Carella. »Das J. und das R. stimmen, vielleicht ist er unser Mann. Falls ihr ihn bei uns nicht auftreiben könnt, schaut mal im Bostoner Telefonbuch nach, ob ihr einen Jack Rawles findet, der in der Commonwealth Avenue wohnt. Und wenn auch das nichts bringt, könnt ihr immer noch die Bostoner Kollegen anrufen und sie um Amtshilfe bitten.«

»Woher hast du den Namen?«

»Er hat das Haus gemietet, das Craig in seinem Buch beschrieben.«

»Und was hat das zu bedeuten?«

»Vielleicht gar nichts. Aber seht mal zu, was sich tun läßt. Ich bin noch eine Weile auf. Wenn du was findest, ruf bitte zurück.«

»Was hältst du übrigens davon, daß er überall versucht, die Sachen loszuschlagen?« fragte Hawes.

»Deutet auf einen krassen Amateur hin«, meinte Carella. »Er braucht Geld und kennt keine Hehler. Was hatte er für eine Stimme?«

»Wer?«

»Der Typ, der versucht hat, den Schmuck zu versetzen«, gab Carella ungeduldig zurück. »Dieser James Rader oder wie der Bursche hieß.«

»Sag mal, Steve, stimmt bei euch was nicht?« fragte Hawes beunruhigt.

»Was soll denn nicht stimmen? Alles in Ordnung. Kannst du die Pfandleiher erreichen?«

»Die Läden sind inzwischen geschlossen, es ist ja auch schon nach...«

»Versuch's bei ihnen zu Hause. Frag sie, ob der Kerl eine kratzige Stimme hatte.«

»Eine kratzige Stimme?«

»Jawohl, eine kratzige, eine heisere Stimme. Ich erwarte deinen Rückruf.«

Carella legte auf, erhob sich, ging einen Augenblick unruhig im Zimmer auf und ab, dann setzte er sich wieder und wählte die Bostoner Auskunft. Nebenan hörte er, wie Hillary beim Zimmerservice die Bestellung aufgab. Carella nannte der Telefonistin in Boston beide Namen – Jack Rawles und James Rader – und bat sie, nachzusehen, ob bei einem von ihnen als Adresse die Commonwealth Avenue angegeben war. Nein, sagte sie, ein Jack Rawles sei eingetragen, aber nicht in der Commonwealth Avenue. Er schrieb sich die Nummer trotzdem auf. Dann bat er um die Adresse. Adressen dürfe sie nicht herausgeben, sagte sie. Er sei Kriminalbeamter und ermittle in einem Mordfall, erklärte er ziemlich scharf. Sie verband ihn mit ihrer Vorgesetzten, die ihm überaus liebenswürdig klarmachte, daß die Telefongesellschaft grundsätzlich die Adressen ihrer Kunden nicht an Außenstehende weitergab. Carella stellte sich als Kriminalbeamter in Isola vor, erzählte ihr, daß er in einem Mordfall ermittelte, und gab ihr die Nummer seines Bezirks, Namen und Adresse seines Vorgesetzten und seine, Carellas, Dienstnummer. Die Telefondame hörte sich das alles ungerührt an, dann sagte sie schlicht und bei weitem nicht mehr so liebenswürdig: »Bedaure, Sir«, und legte auf.

Verärgert wählte Carella die Nummer von Jack Rawles. Draußen hörte er, wie jemand an Hillarys Tür klopfte. Er wollte schon auflegen, als sich eine Frauenstimme meldete.

»Mr. Rawles, bitte«, verlangte Carella.

»Bedaure, der ist nicht da.«

»Hier ist ein alter Freund von ihm. Steve Carella.«

»Tut mir leid, Steve, er ist verreist«, sagte die Frauenstimme. »Ich bin auch eben erst zurückgekommen, ich bin Stewardess und habe in London festgesessen. Er hat meinem Freund einen Zettel hingelegt, daß er in die Stadt mußte und erst in ein paar Tagen wiederkommen würde.«

»In welche Stadt?«

»In *die* Stadt«, sagte die Stewardess ungeduldig. »Auf der Welt gibt's nur die eine. Boston ist es nicht, das können Sie mir glauben. Mein Freund, der Andy, wohnt mit Jack zusammen. Seit dem Brand.«

»Was für ein Brand?« fragte Carella.

»Jacks Wohnung auf der Commonwealth Avenue ist ausgebrannt. Er hat alles verloren.«

»Was macht er denn sonst so?« fragte Carella.

»Wann haben Sie ihn denn zuletzt gesehen?«

»Vor drei Jahren im Sommer, hier in Hampstead.«

»Ach so. Na ja, er macht immer noch dasselbe. Damals war er am Hampstead Playhouse, nicht?«

»Ist er immer noch Schauspieler?« fragte Carella auf gut Glück und in der Hoffnung, daß Jack Rawles nicht etwa Regisseur oder Elektriker oder Bühnenmaler gewesen war.

»Ja, er ist immer noch Schauspieler. Das heißt, wenn er eine Rolle kriegt. Im Sommer geht's ja noch, aber im Winter ist es damit meist Essig. Jack ist immer pleite und klappert ständig die Theater ab. Geld hatte er eigentlich nur vor dem Sommer in Hampstead, und das hat er alles in die Miete für dieses Haus gesteckt, das er sich da genommen hatte. Zweitausend Mäuse hat er damals bekommen, für eine Fernsehwerbung, glaube ich. Ich habe ihm immer gesagt, er soll es in der Stadt versuchen. Was hat ein Schauspieler in Boston schon für Chancen?«

»Ich kann mich gar nicht erinnern, daß er von dem Feuer was erzählt hat«, meinte Carella.

»Wann, sagen Sie, haben Sie sich zuletzt gesprochen? Vor drei Jahren? Warten Sie mal, das Feuer war ja erst...«

Carella wartete.

»Ja, vor zwei Jahren muß das gewesen sein, ungefähr um diese Zeit.«

»Ach so«, sagte Carella. »Wissen Sie, wann er Boston verlassen hat?«

»Auf dem Zettel steht es nicht. Muß aber nach dem zwanzigsten gewesen sein, denn da bin ich nach London geflogen, und am gleichen Tag mußte Andy nach Kalifornien, und Jack war noch da.«

»Und wo steckt Andy jetzt?«

»Keinen Schimmer. Ich bin ja erst vor ein paar Minuten gekommen. Wenn Sie wissen wollen, wie's in einem Irrenhaus zugeht, brauchen Sie bloß mal während der Feiertage nach Heathrow zu kommen.«

»Hat Jack immer noch diese typische kratzige Stimme?« fragte Carella.

»Und ob. Wie ein Reibeisen«, bestätigte die Stewardess.

»Wo er in der Stadt wohnt, wissen Sie wohl nicht«, fragte Carella ohne viel Hoffnung.

»Nein, da bin ich überfragt. Die Stadt ist groß, Steve.«

»Nicht so schlimm. Richten Sie ihm doch bitte aus, daß ich angerufen habe, ja? Ich wollte ihm nur ein gutes neues Jahr wünschen.«

»Wird gemacht.« Die Stewardess legte auf.

Carella überlegte, ob er Hawes noch einmal anrufen und ihm von dem Gespräch berichten sollte, entschied sich dann aber dagegen. Der Irish Coffee lockte. Er klopfte an die Verbindungstür.

»Herein«, sagte Hillary.

Sie saß trübselig in einem Sessel; die beiden Gläser standen auf einem Beistelltisch vor ihr. Sie trug noch immer den Waschbärmantel.

»Alles in Ordnung?« fragte er.

»Ja, soweit...«

Er nahm einen Schluck und leckte sich Schlagsahne von den Lippen. »Trinken Sie doch, es wird sonst kalt«, sagte er.

Sie griff nach dem zweiten Glas, trank aber nicht.

»Was ist denn?«

»Nichts.«

»Trinken Sie jetzt endlich.«

Sie nahm mit gesenkten Augen einen kleinen Schluck.

»Wollen Sie mir nicht sagen, was los ist?«

»Nein.«

»Dann nicht«, knurrte er.

»Es ist nur – ich schäme mich so.«

»Warum?«

»Weil ich umgekippt bin.«

»Es war schon unheimlich«, meinte Carella und setzte sich auf die Bettkante.

»Ich habe immer noch Angst«, gestand Hillary.

»Ich auch.«

»Meine erste echte Erscheinung, und ich...« Sie schüttelte den Kopf.

»Als ich zum erstenmal einem Mann gegenüberstand, der eine Waffe in der Hand hielt, bin ich blind geworden«, erzählte Carella.

»Blind?«

»Vor Angst. Ich sah die Waffe in seiner Hand, und dann sah ich nichts mehr. Alles wurde ganz weiß. Zum Glück bin ich nach drei Sekunden, ehe es zu spät war, wieder zu mir gekommen.«

»Haben Sie geschossen?«

»Ja.«

»Haben Sie ihn umgebracht?«

»Nein.«

»Haben Sie schon mal einen Menschen umgebracht?«

»Ja.«

»Und hat man auch schon auf Sie geschossen?«

»Ja.«

»Warum machen Sie das immer wieder?«

»Was?«

»Die Arbeit bei der Polizei.«

»Ich arbeite gern bei der Polizei«, sagte er ruhig.

»Ich weiß nicht, ob ich das, was ich jetzt mache, nach diesem Abend noch weiter machen kann«, sagte Hillary. »Vielleicht sollte ich mich lieber nach einem Job als Verkäuferin umsehen.«

»Wahrscheinlich wären Sie keine besonders gute Verkäuferin.«

»Aber ich bin offenbar auch kein besonders gutes Medium.«

»Unsinn. Sie machen Ihre Sache doch sehr gut«, tröstete Carella. »Ich wäre um ein Haar getürmt.«

»Aber Sie sind bereit, sich mit Leuten auseinanderzusetzen, die eine Waffe in der Hand haben.«

»Eine Waffe ist eine Waffe. Aber ein Gespenst...« Er hob die Schultern.

»Eigentlich bin ich doch froh, daß ich sie gesehen habe«, meinte Hillary.

»Ich auch.«

»Ich habe mir in die Hosen gemacht vor Angst, wußten Sie das?«

»Nein, aber mir wäre es beinah ebenso gegangen.«

»Wir sind schon ein feines Paar«, sagte sie und lächelte. Es wurde sehr still im Raum.

»Sehe ich wirklich aus wie Ihre Frau?« fragte sie.

»Ja. Das wissen Sie doch.«

»Ich weiß überhaupt nichts mehr.«

Schweigen.

»Tja...« Carella stand auf.

»Bitte, gehen Sie noch nicht«, sagte Hillary. Er sah sie nicht an.

»Bitte«, wiederholte sie.

»Na schön, noch ein paar Minuten.« Er setzte sich wieder auf die Bettkante.

»Ist Ihre Frau ein bißchen wie ich?« fragte Hillary. »Oder ist die Ähnlichkeit nur äußerlich?«

»Nur äußerlich.«

»Ist sie hübscher als ich?«

»Tja, wissen Sie... Sie sehen sich wirklich sehr ähnlich.«

»Ich fand immer, daß meine Schwester hübscher ist als ich«, meinte Hillary.

»Das findet sie auch.«

»Hat sie Ihnen das erzählt?«

»Ja.«

»Biest«, sagte Hillary, aber sie lächelte dabei. »Noch eine Runde?«

»Ich glaube nicht. Wir haben morgen eine lange Fahrt vor uns und sollten sehen, daß wir noch ein bißchen Schlaf bekommen.«

»Gehen Sie nicht. Ich habe noch immer Angst.«

»Aber es wird spät, wir...«

»Immer wenn ich an die Gespenster denke, wird mir ganz kalt.«

»Hier haben Sie nichts zu befürchten«, tröstete Carella. »Die Damen sind weit weg.«

»Bleiben Sie bei mir.«

Ihre Blicke trafen sich.

»Das ist sehr lieb, Hillary, aber...«

»Sie bleiben, okay?«

»Nein, nicht okay.« Carella schüttelte den Kopf.

Hillary lächelte. »Ich glaube, Sie würden es gern tun.«

Er zögerte. »Ja, ich würde es gern tun«, gab er zu.

»Niemand braucht es je zu erfahren. Wissen Sie, wie meine Schwester so etwas machen würde? Sie würde Ihnen erzählen, daß sie ihre Höschen ausgewaschen hat und daß sie jetzt über der Stange vom Duschvorhang im Badezimmer hängen. Sie würde Ihnen sagen, daß sie keine Höschen unter dem Rock trägt. Würde Sie das interessieren?«

»Nur, wenn ich Vertreter für Damenwäsche wäre«, sagte Carella trocken. Zu seiner Überraschung und großen Erleichterung fing Hillary an zu lachen. »Na schön, dann nicht.« Sie stand auf, ließ den Mantel fallen, lachte noch ein bißchen. »Vertreter für Damenwäsche«, wiederholte sie und schüttelte den Kopf. »Dann also bis morgen früh.«

»Gute Nacht, Hillary.«

»Gute Nacht, Steve.« Mit einem kleinen Seufzer verschwand sie im Badezimmer.

Er sah einen Augenblick die geschlossene Badezimmertür an, dann ging er in sein Zimmer und schloß hinter sich ab.

Er träumte, daß die Verbindungstür zwischen den beiden Zimmern sich so geheimnisvoll öffnete, wie es die Türen im Loomis-Haus getan hatten. Er träumte, daß Hillary nackt in der Tür stand, daß sich die Rundungen ihres jungen Körpers einen Augenblick dunkel vor dem Licht in ihrem Zimmer abhoben. Daß sie die Tür schloß, einen Augenblick wartete, bis sich ihre Augen an die Dunkelheit gewöhnt hatten, lautlos an sein Bett trat und zu ihm unter die Decke schlüpfte. Ihre Hand fand ihn. »Es ist mir gleich, was du von mir denkst«, flüsterte sie in der Dunkelheit und suchte seinen Mund.

Als er morgens aufwachte, hatte es aufgehört zu schneien.

Er ging zu der Verbindungstür und drehte den Knauf. Die Tür war abgeschlossen. Aber im Badezimmer hing ihr Parfüm, und ein langes schwarzes Haar lag gekrümmt wie ein Fragezeichen in dem weißen Waschbecken.

Auch von diesem Erlebnis würde er Teddy nichts erzählen. Sieben Gespenster in einer Nacht – das war entschieden zuviel.

11

Die Aktion Leihhaus lief am 27. Dezember an. Vorangegangen war eine ernsthafte Unterredung im Büro von Lieutenant Byrnes. Der Lieutenant saß in einer blauen Strickjacke – ein Weihnachtsgeschenk seiner Frau Harriet – über weißem Oberhemd mit blauer Krawatte hinter seinem Schreibtisch, auf dem sich Aktenberge häuften. Er hatte Carella und Hawes eine Viertelstunde genehmigt. Als Carella anfing, sah er auf die Uhr.

»Sieht aus, als ob dieser Jack Rawles unser Mann ist«, sagte Carella. »Er ist an dem Tag vor den Morden von Boston gekommen, und als ich gestern anrief, war er noch nicht wieder zurück.«

»Warum haben Sie angerufen?« wollte Byrnes wissen.

»Weil er vor drei Jahren im Sommer das Haus gemietet hatte, über das Craig geschrieben hat.«

»Na, und?«

»Es sollen Gespenster in dem Haus sein«, sagte Carella und traute sich nicht hinzuzusetzen, daß er diese Gespenster mit eigenen Augen gesehen hatte.

»Und was hat das nun mit dem Fischpreis zu tun?« fragte Byrnes. Es war sein Lieblingsspruch, wenn er fand, daß seine Mitarbeiter Unsinn redeten.

»Meiner Meinung nach besteht da ein Zusammenhang«, sagte Carella. »Es gibt da in Hampstead eine Frau, die sagt, daß sie einen Teil von Craigs Buch nach einem Band getippt hat, und dieses Band ist möglicherweise von Rawles besprochen worden.«

»Woher wollen Sie das wissen?«

»Beweisen kann ich es natürlich nicht. Aber die Freundin des Jungen, bei dem er jetzt wohnt, hat bestätigt, daß Jack Rawles eine kratzige Stimme hat. Die Stimme auf dem Band soll ebenfalls kratzig gewesen sein.«

»Weiter«, sagte Byrnes mit einem zweiten Blick auf die Uhr.

»Ein Mann, der so aussieht, wie Rawles geschildert wird, hat zweimal versucht, Schmuckstücke, die am Tag des Mordes aus der Craigschen Wohnung gestohlen wurden, zu versetzen.«

»Zuerst in einer Pfandleihe Ecke Ainsley und Third«, schaltete Hawes sich ein, »und dann Culver Ecke Eighth. Wir tippen darauf, daß er sich irgendwo in unserem Bezirk eingenistet hat und versuchen wird, die Sore in einem Leihhaus in der Nähe loszuwerden.«

»Wie viele Pfandleiher gibt es in Ihrem Bezirk?« fragte Byrnes.

»Siebzehn, die uns regelmäßig Meldung machen.«

»Ausgeschlossen«, erklärte Byrnes sofort.

»Wir wollen ja nicht alle überwachen lassen.«

»Wie viele also?«

»Acht.«

»Mit anderen Worten: Sechzehn Leute. Habt ihr die Hotels und Motels nach einem Jack Rawles durchkämmt?«

»Ja. Da ist er nicht.«

»Und wie steht's mit Quartieren außerhalb des Bezirks?«

»Genero hat sich schon drangesetzt. Es ist eine lange Liste, Pete. Außerdem glauben wir, daß er hier steckt. Sonst hätte er sich inzwischen schon an andere Pfandleiher gewandt.«

»Und wo wohnt er inzwischen? Zur Untermiete?«

»Möglich. Oder bei einem Freund.«

»Sechzehn Mann«, wiederholte Byrnes kopfschüttelnd. »Von den Detectives kann ich keinen entbehren. Ich müßte Frick bitten, mir mit Streifenpolizisten auszuhelfen.«

»Würden Sie das tun?«

»Vierzehn würde ich brauchen«, überlegte Byrnes.

»Sechzehn«, verbesserte Carella.

»Vierzehn, wenn man Sie und Hawes dazurechnet.«

»Ach so...«

»Lieber wär's mir, wenn ich nur zehn zu verlangen brauchte. Er ist da ein bißchen komisch.«

»Wenn's sein muß, schaffen wir es auch mit zehn.«

»Ich werde sagen, daß ich zwölf brauche«, beschloß Byrnes. »Dann bietet er mir acht, und wir können uns mit Anstand auf zehn einigen.«

»Gut«, sagte Carella. »Wir machen eine Liste der Leihhäuser, die in Frage kommen.«

»Bei den beiden, in denen er schon einmal war, wird er's nicht noch einmal versuchen«, vermutete Byrnes. »Ich rufe den Captain an, tippt ihr inzwischen eure Liste. Wann soll es losgehen?«

»Sofort.«

Die Aktion begann am gleichen Vormittag um zehn, kurz nach dem Einsetzen des Regens. Das Winterwetter lief in dieser Stadt stets nach einem bestimmten Muster ab. Zuerst schneite es. Dann kam der Regen. Dann wurde es bitter kalt, so daß sich Straßen und Gehsteige in Eisbahnen verwandelten.

Dann schneite es wieder. Und danach fing es meist wieder an zu regnen. Und zu frieren. Es hatte was mit dem Frontensystem zu tun und war äußerst lästig. In der warmen Hinterstube von Silversteins Pfandleihe Ecke Stem und North Fifth ließen sich Carella und Hawes ausgiebig über das Wetter aus und tranken Kaffee aus durchweichten Pappbechern. An ähnlichen Orten in anderen Ecken des Bezirks warteten Uniformierte auf das Erscheinen eines Mannes, auf den die Beschreibung von Jack Rawles zutraf und der große Stücke aus der Craigschen Beute loszuschlagen versuchte.

»Du, Steve, ich muß dir was sagen«, fing Hawes plötzlich an.

»Nämlich?«

»Ich war gestern abend mit Denise Scott zum Essen.«

»Na, und?«

»Ja – also... sie war nämlich in meiner Wohnung, als ich dich angerufen habe.«

»Aha.«

»Um es ganz genau zu sagen: Sie lag in meinem Bett.«

»Oh«, sagte Carella.

»Ich erzähl dir das nur, weil sie, wenn wir den Kerl erwischen, eine wichtige Zeugin ist. Hoffentlich macht das die Sache nicht...«

»Falls wir ihn erwischen.«

»Wir erwischen ihn schon.«

»Und falls er tatsächlich unser Mann ist.«

»Der ist unser Mann«, erklärte Hawes. »Es sieht doch ganz danach aus, meinst du nicht?«

»Hoffen wir das beste, lieber Leser.«

»Weshalb meinst du, hat er es wohl getan?«

Carella zögerte. »Genaues kann ich natürlich noch nicht sagen. Aber ich habe so das Gefühl, daß er es getan hat, weil Craig ihm seine Gespenster gestohlen hat.«

»Wie war das eben?« fragte Hawes.

Adolf Hitler muß sich als Held gesehen haben, Richard Nixon sieht sich vermutlich noch immer als Held. Jeder Mensch auf dieser schönen Erde ist der Held eines persönlichen Lebensdramas. Es war daher verständlich, daß Carella sich als Held in jenem Stück betrachtete, das am 21. Dezember mit dem Mord an Gregory Craig begonnen hatte. Nicht eine Sekunde lang wäre er auf den Gedanken gekommen, daß Hawes diese Rolle für sich in Anspruch nehmen könnte. Hawes war sein Partner. Aber aus der Sicht von Hawes war er, Hawes, der Held und Carella der Partner. Beide ahnten nicht, daß die Verhaftung, die zur Lösung des Falles führen sollte, wieder ein anderer Held vornehmen würde.

Takashi Fujiwara war Streifenpolizist im 87. Bezirk und dreiundzwanzig Jahre alt. Seine Kollegen nannten ihn Tack. Fujiwara war der festen Überzeugung, daß kein vernünftiger Mensch im Revier

Streife gehen dürfte. Er neigte sogar zu der Ansicht, daß es – Regen oder nicht – besser wäre, das Streifegehen überhaupt abzuschaffen. Weshalb machte man das nicht generell mit Funkwagen? Fußstreifen dienen der Abschreckung, so hieß es so schön. Abschreckung? Hat sich was... Fujiwara ging jetzt seit zwei Jahren Streife und konnte nicht feststellen, daß die Kriminalität in dieser Zeit merklich abgenommen hatte. Er wußte nicht, daß er an diesem naßkalten Regenfreitag, zwei Minuten nach fünf, nicht nur aus eigener Sicht, sondern auch in den Augen seiner Vorgesetzten zum Helden und Detective geworden sein und damit zu den Kollegen gehören würde, denen die zweifelhafte Ehre zuteil wurde, ihre Arbeit im oberen Stockwerk der Polizeistation versehen zu dürfen. Er wußte nur, daß er naß bis auf die Haut war.

Fujiwaras Eltern waren in den USA geboren. Er war der jüngste von vier Söhnen und der einzige, der zur Polizei gegangen war. Sein ältester Bruder war Anwalt in San Francisco, die anderen beiden betrieben ein japanisches Restaurant in der Larimore Street. Fujiwara verabscheute japanisches Essen und drückte sich daher nach Möglichkeit um Besuche bei seinen Brüdern. Seine Mutter, die es an der Zeit fand, daß er seine Ader für die japanische Nationalküche entdeckte, brachte unbeirrt *sashimi* auf den Tisch, während er sie ebenso unbeirrt – mit einem Kuß auf die Wange –, um ein schönes Steak bat.

Daß Fujiwara zum Helden und bald darauf zum

Detective wurde, war purer Zufall. Um Viertel vor fünf hatte er seinen Kollegen abgelöst und ging etwa drei Blocks vom Revier entfernt durch ein besonders trostloses Stück der Culver Street, die hier mit düsteren Wohnblocks, ein paar Imbißstuben, einem Billardsalon, einem Kreditbüro und einer Pfandleihe, einer Kneipe und einem Laden mit zweifelhafter Reizwäsche bestückt war. Da die meisten Geschäfte bis sechs oder sieben geöffnet waren, brauchte er vorerst noch nicht an den Türen zu rütteln. Eine der Imbißstuben hatte bis elf auf, die anderen beiden schlossen um Mitternacht. Der Billardsalon machte meist erst zwischen zwei und drei Uhr morgens dicht, das hing von der Zahl der Kunden ab. Fujiwara hatte kurz mit dem Sergeant gesprochen, der den Funkwagen Adam Six fuhr und der ihn bat, ihm Bescheid zu sagen, falls er eine neue blaue Mercury-Limousine sichtete, die am Nachmittag als gestohlen gemeldet worden war. Er sollte nur nicht absaufen da draußen im Regen, hatte der Sergeant ihm noch mit auf den Weg gegeben.

Zehn Minuten vor fünf betrat er kurz den Billardsalon, um nachzusehen, ob sich die Kunden auch nicht die Schädel mit Billardqueues einschlugen. Vier Minuten vor fünf ging er ein Haus weiter, in die benachbarte Imbißstube, lehnte die angebotene Tasse Kaffee ab und sagte, er würde im Lauf des Abends noch einmal vorbeischauen. Zwei Minuten nach fünf ging er an Martin Levys Pfandleihe vorbei und bekam seine Chance, den Helden zu spielen. Die Ladentür war schon abgeschlossen, aber in den Geschäftsräumen brannte noch Licht, was nicht ungewöhnlich war, denn Mr. Levy hatte meist noch eine halbe Stunde im Geschäft zu tun, ehe er ging. Fujiwara warf nicht einmal einen Blick in den Laden; er drehte erst den Kopf, als er die Ladenglocke bimmeln hörte und ein barhäuptiger Mann mit dunklen Haaren und mit einem Schmuckstück in der Hand auf die Straße stürzte.

Daß es sich dabei um Hillary Scotts Halskette aus achtzehnkarätigem Gold mit Brillanten – Wert 16000 Dollar – handelte, war Fujiwara in diesem Augenblick ebensowenig bekannt wie die Tatsache, daß Levy nicht in Carellas Liste aufgenommen worden war, weil man mit nur zwölf Mann acht Pfandleihen nicht ausreichend besetzen kann. Fujiwara wußte nicht einmal, daß eine solche Aktion in verschiedenen Pfandleihen des Bezirks angelaufen war. Er war nichts weiter als ein nasser Polizist auf Streife, der etwas beobachtete, was sehr nach einem Einbruch roch. In diesem Augenblick steckte sich der Mann hastig die Halskette in die Manteltasche, und damit bestand an dem Sachverhalt für Fujiwara kein Zweifel mehr. Er zog seine Pistole. »Polizei! Halt, oder ich schieße!« Der Mann warf ihn zu Boden, trampelte über ihn hinweg wie eine ganze Büffelherde und steuerte die nächste Kreuzung an.

Fujiwara rollte sich auf den Bauch, hielt die Waffe

mit beiden Händen fest, stützte sich auf den Ellbogen ab, wie man es ihm in der Polizeischule beigebracht hatte, zielte auf die Beine des Flüchtenden und drückte zweimal hintereinander ab. Die Schüsse gingen fehl. Fujiwara fluchte leise vor sich hin, als er den Mann um die Ecke biegen sah, dann sprang er auf und machte sich, die Waffe in der Rechten, an die Verfolgung. Mit seinem flatternden schwarzen Umhang sah er aus wie eine große Fledermaus, die durch den Regen streicht. Er bog um die Ecke – und stand dem Flüchtigen Auge in Auge gegenüber. In der rechten Hand hielt der Mann einen Gegenstand, der wie ein Brotmesser aussah.

Fujiwara, der ja nicht wußte, daß der Mann unter dreifachem Mordverdacht stand, sondern der Meinung war, er habe lediglich ein Schmuckstück aus Mr. Levys Pfandleihe mitgehen lassen, riß überrascht und ungläubig die Augen auf. Bei einem Verbrecher, den man auf frischer Tat ertappt, ist man auf eine Attacke gefaßt. Aber der Bursche da hatte es doch beinahe geschafft; wozu wollte er sich jetzt noch mit einem Polizisten anlegen? Instinktiv trat Fujiwara zur Seite, um dem Messer auszuweichen. Die Messerspitze drang in den Umhang ein, verfehlte den Körper um zwei Zentimeter und verfing sich in dem gummibeschichteten Gewebe. Diesmal machte sich Fujiwara nicht die Mühe, auf die Beine zu zielen. Er drückte ab und traf ihn. Zwar nicht in die Brust, aber in die Schulter, und das reichte allemal. Der Mann taumelte zurück, das Messer fiel ihm aus der Hand und landete scheppernd auf dem nassen Gehsteig. Wieder wandte er sich zur Flucht. Da sagte Fujiwara so leise, daß es fast klang wie das Rauschen des Regens: »Sie sind schon tot, Mister.« Der Mann blieb stehen und nickte, und dann fing er zu Fujiwaras großem Erstaunen plötzlich an zu weinen.

Das offizielle Verhör fand am Silversterabend um 20.20 Uhr bei Jack Rawles im Krankenhaus statt. Anwesend waren Lieutenant Peter Byrnes, Detective Stephen Louis Carella, Detective Cotton Hawes und ein stellvertretender District Attorney namens David Saperstein. Ein Polizeistenograph führte Protokoll. Saperstein stellte die Fragen, Rawles lieferte die Antworten.

F. Mr. Rawles, können Sie uns sagen, wann und wie Sie in den Besitz der Halskette gekommen sind, die Sie am 29. Dezember zu versetzen suchten?
A. Ich habe sie genommen, weil sie mir zustand.
F. Wann war das, Mr. Rawles?
A. Das habe ich den Polizisten schon gesagt.
F. Ja, aber hier handelt es sich um ein offizielles Protokoll, und ich wäre Ihnen dankbar, wenn Sie Ihre Aussage noch einmal wiederholen würden.
A. Es war am 21. Dezember.
F. Wie kam die Halskette an diesem Tag in Ihren Besitz?

A. Ich habe sie aus Gregory Craigs Wohnung mitgenommen.
F. Haben Sie noch andere Sachen gestohlen, die...
A. Ich habe sie nicht gestohlen. Ich habe sie mitgenommen, weil Craig mir Geld schuldete.
F. Wieviel Geld schuldete er Ihnen?
A. Die Hälfte der Einnahmen aus den *Tödlichen Schatten*.
F. Tödliche Schatten? Entschuldigen Sie, aber was...
A. Machen Sie hier Witze mit mir?
F. Nein. Was meinen Sie mit tödlichen Schatten?
A. Es ist ein Buch. Gregory Craig war Schriftsteller.
F. Ich verstehe. Und Sie haben die Halskette aus seiner Wohnung mitgenommen, weil er Ihnen Ihrer Meinung nach fünfzig Prozent...
A. Die waren mir vertraglich zugesichert.
F. Sie hatten einen Vertrag mit Mr. Craig?
A. Jawohl. Fünfzig Prozent der Einnahmen aus dem Buch. Schwarz auf weiß, und von uns beiden unterschrieben.
F. Ich verstehe. Und wo ist dieser Vertrag jetzt?
A. Das weiß ich nicht. Deshalb war ich ja bei ihm. Weil ich eine Kopie haben wollte.
F. Wir sprechen jetzt vom 21. Dezember, nicht wahr?
A. Jawohl.
F. An diesem Tag besuchten Sie Mr. Craig, um sich eine Kopie des Vertrages geben zu lassen.

A. Ja. Meine Kopie ist verbrannt. Ich habe in Boston in der Commonwealth Avenue gewohnt, und die Wohnung ist abgebrannt, mit allem, was darin war.
F. Wenn ich das recht verstehe, gab es also nach dem Feuer in Ihrer Wohnung nur noch Mr. Craigs Exemplar des bewußten Vertrages?
A. Ja. Deshalb war ich bei ihm. Ich wollte versuchen, den Vertrag zu bekommen.
F. Um welche Zeit trafen Sie dort ein, Mr. Rawles?
A. So gegen fünf.
F. Wir sprechen jetzt von der Jackson Avenue 781, nicht wahr?
A. Ja, Craigs Wohnung.
F. Was haben Sie gemacht, als Sie dort eintrafen?
A. Ich habe dem Wachmann gesagt, ich wäre Daniel Corbett. Ich wußte, daß Corbett das Buch lektoriert hatte. Ich hatte einen Artikel darüber in *People* gelesen.
F. Warum haben Sie einen falschen Namen benutzt?
A. Weil ich wußte, daß Craig mich sonst nicht zu sich lassen würde. Ich hatte ihm Briefe geschrieben, ich hatte versucht, ihn anzurufen. Die Briefe hat er nicht beantwortet, und wenn ich anrief, hat er einfach wieder aufgelegt. Und dann hat er seine Telefonnummer ändern lassen. Deshalb bin ich hergekommen. Weil ich

persönlich mit ihm reden wollte. Um meinen Anteil zu fordern.
F. Was geschah, als Sie zu ihm hinaufkamen?
A. Ich klingelte, und Craig sah durch das Guckloch. Ich habe ihm gesagt, daß ich ihm keinen Ärger machen will, daß ich nur mit ihm reden will.
F. Hat er aufgemacht?
A. Ja, aber nur, weil ich gesagt habe, daß ich sonst zum District Attorney gehe.
F. Was geschah, nachdem Sie die Wohnung betreten hatten?
A. Wir haben uns hingesetzt und miteinander geredet.
F. Worüber?
A. Über das Geld, das er mir schuldete; er wußte, daß es bei mir gebrannt hatte. Dumm, wie ich war, hatte ich ihm hinterher geschrieben und um eine Kopie des Vertrages gebeten.
F. Sie sprachen über das Geld.
A. Ja. Nach meinen Berechnungen war es eine Summe in der Größenordnung von 800 000 Dollar. Ich sollte ja von allem die Hälfte bekommen. Die Tantiemen für die Hardcover-Ausgaben allein beliefen sich auf etwa vierhunderttausend Dollar. Die Taschenbuchrechte sind für einundhalb Millionen vergeben worden, und davon hat der Autor 750 000 Dollar bekommen. Zehn Prozent der Filmeinnahmen hat der Verlag eingesackt, aber Craig blieben davon immer noch

450000. Wenn man das alles zusammenrechnet, kommt man auf 800000, aber ich habe von ihm nicht einen einzigen Cent zu sehen gekriegt.

F. Haben Sie das Geld von ihm verlangt?
A. Wann?
F. Als Sie am 21. Dezember bei ihm waren.
A. Klar habe ich das Geld von ihm verlangt. Deshalb war ich ja da. Um ihm zu sagen, daß ich zum District Attorney gehen würde, wenn er nicht alles bis auf den letzten Cent herausrückt.
F. Und wie hat er reagiert?
A. Er hat gesagt, ich sollte mich setzen, und wir würden die Sache ganz locker bereden. Dann hat er mich gefragt, ob ich was trinken will.
F. Haben Sie sich einen Drink geben lassen?
A. Ja.
F. Hat er auch etwas getrunken?
A. Ja, zwei oder drei Gläser.
F. Und Sie?
A. Auch so viel.
F. Und wie ging es dann weiter?
A. Er hat gesagt, ich könnte ruhig zum District Attorney gehen, aber nützen würde mir das nichts. Meine Vertragskopie sei verbrannt, seine hätte er vernichtet, es gäbe also jetzt keine Unterlagen mehr über unsere Abmachung. Ich könnte auch zu seinem Verlag gehen, meinte er, aber die würden mich nur auslachen.

F. Warum sind Sie nicht schon vorher zu seinem Verlag gegangen?
A. Weil ich wußte, wie recht er hatte. Der Vertrag war weg, die Bänder hatte ich auch nicht mehr... Die hätten mir nie geglaubt.
F. Was waren das für Bänder?
A. Ich habe alles für ihn auf Band gesprochen, was ich in dem Haus in Hampstead erlebt habe. Wir sind zufällig darauf gekommen, als wir miteinander an der Bar saßen. Er hat sich sofort dafür interessiert und hat gesagt, daß er Schriftsteller ist, und dann hat er mich gefragt, ob ich das alles für ihn auf Band sprechen will. Wir haben die Aufnahmen in dem Haus gemacht, das er für den Sommer gemietet hatte. Fifty-fifty, hat er gesagt, er würde einen Verlag für das Buch suchen und mir die Hälfte von den Einnahmen abgeben. Aber ich wollte meinen Namen auf dem Buch sehen. Ich habe mir ausgerechnet, daß das günstig für mich wäre. Ich bin Schauspieler. Wenn die Leute meinen Namen auf dem Buchdeckel lesen, habe ich mir gesagt, geben sie mir vielleicht auch mal eine Rolle.
F. War er damit einverstanden, daß auch Ihr Name auf dem Buch erschien?
A. Nein. Er sagte, als Gemeinschaftswerk würde er es nie unterbringen können. Also habe ich mich mit den fünfzig Prozent abgefunden.
F. Und das stand auch in dem Vertrag?

A. Ja, schwarz auf weiß. Er hat den Vertrag selbst getippt, wir haben beide unterschrieben.
F. Haben Sie den Vertrag von einem Anwalt überprüfen lassen?
A. Nein, einen Anwalt konnte ich mir nicht leisten. Ich bin Schauspieler.
F. Am Abend des 21. Dezember sagte Ihnen also Mr. Craig, es würde Ihnen nichts nützen, zum District Attorney zu gehen.
A. Ja, so war es.
F. Was geschah dann?
A. Ich habe ein Messer herausgeholt.
F. Was für ein Messer?
A. Ich hatte es in der Aktentasche, ich hatte es aus Boston mitgebracht.
F. Warum?
A. Auf alle Fälle. Ich hab' gedacht, es könnte vielleicht nicht schaden, ihm ein bißchen Angst einzujagen. Er hatte meine Briefe nicht beantwortet und legte auf, wenn ich anrief.
F. Und was geschah dann?
A. Ich drängte ihn ins Schlafzimmer.
F. Und dann?
A. Er hat versucht, mir das Messer abzunehmen.
F. Weiter.
A. Und da habe ich zugestochen.
F. Sie haben ihn umgebracht, weil er versuchte...
A. Nein, er war nicht tot. Ich habe ihn herumgerollt und ihm mit einem Drahtbügel die Hände auf

dem Rücken gefesselt. Dann habe ich die Wohnung durchsucht. Daß er seine Vertragskopie vernichtet hatte, das habe ich ihm ja abgenommen, aber ich habe gedacht, daß er vielleicht die Bänder noch irgendwo versteckt hatte. Die Bänder mit meiner Stimme, auf der *ich* die Geschichten erzähle. Das wäre ein Beweis gewesen.

F. Haben Sie die Bänder gefunden?
A. Nein.
F. Was haben Sie dann gemacht?
A. Ich habe auf ihn eingestochen.
F. Warum?
A. Weil ich wütend war. Er hatte mir meine Geschichten gestohlen und hatte mir nichts dafür gezahlt.
F. War er tot, als Sie die Wohnung verließen?
A. Das weiß ich nicht. In der Zeitung stand später, daß er tot war.
F. Nach dem Untersuchungsbericht hatte er neunzehn Stichwunden.
A. Ich weiß nicht, wie oft ich zugestochen habe. Ich war wütend.
F. Aber Sie wußten nicht, ob er tot war. Was taten Sie dann?
A. Ich habe alles mitgenommen, was ich finden konnte. Als Teilzahlung sozusagen. Dann habe ich die Gläser abgewaschen, aus denen wir getrunken hatten, und bin gegangen.
F. Warum haben Sie die Gläser abgewaschen?

A. Wegen der Fingerabdrücke natürlich. Die muß man wegmachen. Das weiß doch jeder.
F. Was geschah, als Sie die Wohnung verließen?
A. Eine Frau sah mich. Durch die Halle war ich ohne Schwierigkeiten gekommen, aber auf der Straße hat mich eine Frau gesehen. Ich hatte Blut an meinen Sachen, und ich rannte, und sie hat mich so komisch angesehen. Ich hatte das Messer unter dem Mantel. Ich hab' es einfach herausgenommen und zugestochen.
F. War das Marian Esposito?
A. Damals hab' ich nicht gewußt, wer sie war.
F. Wann haben Sie das erfahren?
A. Es stand in der Zeitung, da hab' ich mir gedacht, daß sie es sein mußte.
F. Mr. Rawles, haben Sie Daniel Corbett umgebracht?
A. Ja.
F. Warum?
A. Weil ich danach... als ich so darüber nachdachte... Ja, also, ich wußte, daß Corbett sein Lektor war, und ich hatte dem Wachmann seinen Namen genannt, und da habe ich mir eben gedacht, vielleicht hat dieser Corbett irgendwann mal die Bänder gehört, vielleicht weiß er, daß es eigentlich meine Geschichte ist. Und wenn das so ist, erzählte er vielleicht der Polizei, daß es da einen gewissen Jack Rawles gibt, der etwas gegen Craig hat, und dann fahnden

sie nach mir, und da bin ich zu ihm hingegangen.
F. Mit der Absicht, ihn umzubringen?
A. Ja, also... ich wollte nur sichergehen.
F. Sichergehen?
A. Daß er niemandem was von der Verbindung zwischen Craig und mir erzählt. Erst habe ich ihn gar nicht gefunden. Er steht nicht im Telefonbuch, und ich wußte nicht, wo er wohnt. Und dann bin ich zum Verlag gegangen und habe gewartet, bis er abends kam.
F. Woher wußten Sie, wie er aussieht?
A. In *People* war ein Foto von ihm und Craig. Ich bin ihm nachgegangen, und dann – dann habe ich ihn umgebracht.
F. Und Sie haben auch versucht, Denise Scott zu töten?
A. Ich kenne keine Denise Scott.
F. Hillary Scott?
A. Ja, die kenne ich.
F. Sie haben versucht, sie zu töten?
A. Ja.
F. Warum?
A. Aus dem gleichen Grund. Ich habe gedacht, daß Craig vielleicht mit ihr über mich gesprochen hat. Ich wußte, daß sie zusammenlebten, manchmal war sie am Telefon, wenn ich anrief. An dem Tag, nachdem ich Craig umgebracht hatte, bin ich ihr nachgegangen. Sie hatte noch eine Woh-

nung in Stewart City, der Name Scott stand auf dem Briefkasten. Ich habe gedacht, daß sie mir vielleicht gefährlich werden könnte. Ich wollte nicht, daß jemand was über mich weiß. Da war noch jemand, der...
F. Ja?
A. Nein, nichts.
F. Was wollten Sie sagen?
A. Nur, daß noch jemand Bescheid wußte.
F. Wer?
A. Stephanie Craig, seine geschiedene Frau.
F. Worüber wußte sie Bescheid?
A. Über die Bänder. Sie hat mal die Bänder gehört. Wir haben in seinem Wohnzimmer gesessen und sie abgespielt, und da ist sie dazugekommen. Das Tonband lief, sie hat die Bänder gehört.
F. Warum kam sie?
A. Sie ist immer mal wieder vorbeigekommen, sie hing wohl noch sehr an ihm.
F. Und sie hörte die Bänder?
A. Ja. Aber um sie brauchte ich mir keine Sorgen zu machen, sie ist nämlich noch in dem Sommer vor drei Jahren ertrunken.

Auf dem Weg vom Buena Vista Hospital zum Mercy General, wo Meyer Meyer sich langsam von seinen Schußverletzungen erholte, ging Carella Jack Rawles' Aussage nicht aus dem Kopf. Immer wieder staunte er über die Vielfalt der Mordmotive. Rawles war zu Craig gegangen, weil er durch eine Geldzahlung für seinen Beitrag zu einem Bestseller anerkannt werden wollte. Er hatte Craig getötet, weil der ihm diese Anerkennung versagt hatte. Und dann hatte er Corbett umgebracht und Hillary umzubringen versucht, weil er Angst hatte, von ihnen erkannt zu werden. Der Wunsch nach Anerkennung und die Angst vor dem Erkanntwerden – beides war untrennbar miteinander verbunden und führte zum dreifachen Mord.

In der Aussage waren ein paar Unstimmigkeiten, aber die gab es in jeder Aussage. Sie würden Rawles nicht vor der Verurteilung retten. Die Fakten standen dank Sapersteins geschicktem Verhör fest. Der Staatsanwalt würde kaum Schwierigkeiten haben, eine Jury davon zu überzeugen, daß Jack Rawles während der Feiertage in der Tat drei Menschen ermordet und einen weiteren Mordversuch auf dem Gewissen hatte. Aber während er den Wagen auf dem Parkplatz vor dem Mercy General abstellte und mit dem Aufzug zu Meyers Zimmer im sechsten Stock hinauffuhr, dachte Carella an jene seltsame Zusammenarbeit vor drei Jahren und überlegte, wie Craig wohl Rawles dazu gebracht hatte, auf die einzige wahre Anerkennung zu verzichten, die Nennung seines Namens auf dem Buchrücken. In mancher Hinsicht war Rawles wirklich ein Gespenst, wie Hillary behauptet hatte; Ghostwriter – Geisterschreiber –, so nannte man so etwas in der Welt der

Literatur. An dem Tag, an dem er seine Erlebnisse auf Band gesprochen hatte, war das Buch praktisch schon fix und fertig. Und das eine, was ihn aus seiner körperlosen Existenz hätte befreien können, die namentliche Anerkennung seines Anteils an dem Werk, war ihm versagt geblieben.

Carella mußte auch an Stephanie Craigs Badeunfall denken. Sie hatte Rawles' Stimme auf den Bändern gehört, sie wußte, daß Craig ein Buch schrieb, und wenn man einer gewissen, mit übersinnlichen Kräften begabten Dame glauben durfte, hatte sie gedroht zu enthüllen, daß es sich um gestohlenes Material handelte, daß es nicht Craigs Buch, sondern das eines anderen war. Aber hatte sie Craig wirklich gedroht, oder bestand diese Drohung nur in Hillarys Phantasie? Denn wenn sie ihn tatsächlich bedroht hatte und Craig die Schuld an ihrem Tod trug, hatte er den Diebstahl bereits geplant, als das Buch entstand, dann hatte er nie die Absicht gehabt, sich an den Vertrag mit Rawles zu halten.

Seufzend betrat Carella Meyers Zimmer. Meyer saß im Bett und hatte ein Buch vor der Nase. Er legte es beiseite und hörte aufmerksam zu, als Carella ihm von den Heldentaten eines Streifenpolizisten namens Tack Fujiwara, von dem Verhör und der offengebliebenen Frage erzählte.

»Es stört mich, daß ich nicht alle Anworten habe«, sagte Carella.

»Alle Antworten kennt nur der liebe Gott«, sagte Meyer.

Carella lächelte. Meyer lächelte. Sie schüttelten sich die Hand und wünschten sich ein gutes neues Jahr. Dann fuhr Carella heim nach Riverhead. Fanny war über Neujahr bei ihrer Schwester in Calm's Point. Die Zwillinge durften bis Mitternacht aufbleiben und zur Begrüßung des neuen Jahres auch mal an dem Sekt nippen. Später, nachdem sie die Kinder ins Bett gebracht hatten, schliefen Steve und Teddy miteinander. Das war seit ihrem ersten Ehejahr eine Tradition am Neujahrstag, weil nach Teddys Ansicht ein neues Jahr mit einem richtigem Bums anfangen mußte.

Carella erwachte mitten in der Nacht. Er richtete sich auf und sah in die Dunkelheit. Jetzt würde er nie erfahren, ob Gregory Craig seine geschiedene Frau ermordet hatte oder nicht. Doch dann legte er sich wieder hin. Er war ja wirklich nicht der liebe Gott, und in der Weltordnung gab es wahrscheinlich Antworten, auf die er nie gekommen wäre.